Verschollen im Nebelwald

- Ein etwas anderer Reisebericht, entführt uns in eine magische Vergangenheit,
- In ein geheimnisvolles Heute
- Und in eine mystische Zukunft

Maria A. Schäffer, geboren 1960, lebt mit ihrer Familie im Ruhrgebiet. Zu ihrem zweiten Buch wurde sie durch Reisen nach Ägypten, Peru und Italien inspiriert.

Verschollen im Nebelwald

Bibliografische Information der Deutschen Nationalbibliothek: Die Deutsche Nationalbibliothek verzeichnet diese Publikation in der Deutschen Nationalbibliografie; detaillierte bibliografische Daten sind im Internet über dnb.d-nb.de abrufbar.

TWENTYSIX
Eine Marke der Books on Demand GmbH

© 2022 Annette Klug

Herstellung und Verlag:
BoD – Books on Demand, Norderstedt

ISBN: 978-3-7407-1678-3

Widmung

Bärbel und Annette, die ihr mich tatkräftig bei der Korrektur unterstützt habt, vielen Dank.

Und Rebecca, die meinem Buch den letzten Schliff gab, lieben Dank.

Professor Summers und Marie flogen nach Südamerika, um eine Mumie nach Luxor zu überführen. Wegen Unstimmigkeiten, in der Altersbestimmung sollten in Luxor weitere Untersuchungen stattfinden. Doch dann überstürzten sich die Ereignisse. Unvorhergesehene Unwetter brachten die Maschine, weitab den bekannten Koordinaten, mitten im dichten peruanischen Dschungel zum Absturz. Auf sich allein gestellt begann für Summers und Marie ein Kampf um`s nackte Überleben.

Kapitel 1

Öffnung des Grabes von Anchsenamun

Das Öffnen des Grabes erwies sich schwieriger und gefährlicher als anfangs angenommen. Im Sommer, der heißesten Zeit, da sich das Tal wie ein Backofen aufheizt, ist die ideale Zeit für geheime Arbeiten, denn es sind kaum Touristen im Tal. Deshalb ist dies auch der beste Zeitpunkt, um unbeobachtet ins Grab von Tutanchamun hinabzusteigen und nachzuschauen, ob sich mit dem alten Skarabäus etwas bewirken lässt. Ob er ein Geheimnis in sich birgt oder ob er nur ein altes dekoratives Schmuckstück ist. Nicht mehr und nicht weniger.

Marie war angespannt und nervös. Sie ließ es sich aber nicht nehmen Sahib und Summers ins Grab zu begleiten, obwohl die beiden Männer meinten, dass es bei dieser Hitze viel zu anstrengend für Marie sei. Sie sollte doch lieber daheimbleiben. Doch diese winkte nur genervt ab. „Natürlich komme ich mit, was glaubt ihr denn" und dabei schaute sie die beiden Männer wütend an. Nachdem sie nassgeschwitzt am Grab angekommen waren und sich davon überzeugt hatten, dass ihnen niemand gefolgt war, betraten sie vorsichtig das Grab. Sie kletterten hinunter zur Grabkammer. Im Innern war es feucht und dunkel. Sie zündeten die Lampen an, die sie mitgebracht hatten. Rasch erreichten sie die steinerne Felswand, die direkt gegenüber der zugemauerten Grabkammer lag, in der die Mumie des Pharaos seit über dreitausend Jahren ruhte. Mit geschultem Blick suchte der Professor die Wand nach auffälligen Einkerbungen oder Absplitterungen ab. Marie schaute sich indessen ein wenig unschlüssig um. Sie wusste nicht so recht wonach sie suchen sollte. Sahib stand unterdessen lässig gelehnt in einer dunklen Ecke und beobachtete spöttisch das Ganze. Er wirkte ein wenig gelangweilt und hielt es für reine Spinnerei, dass der Skarabäus, der sich schon immer in seinem Besitz befand, irgendein Geheimnis bergen sollte. Marie hatte den Skarabäus akribisch und gewissenhaft untersucht und dabei festgestellt, dass sich auf der Rückseite ein Verschluss-mechanismus aus drei Kerben in Form eines Dreiecks oder auch Pyramide, befand. Die Kerben waren tief ins Material geritzt und mit einer unbekannten Substanz verschlossen worden, die man jedoch mit Hilfe eines Schraubenziehers leicht entfernen konnte. Marie, die mittlerweile ein Stück die Wand hochgeklettert war, die großen Felsblöcke boten sich dafür regelrecht an, entdeckte, dass sich ziemlich weit oben seltsame

Einkerbungen im Mauerwerk befanden. So richtig konnte sie das aber von ihrer Stelle aus nicht identifizieren. Deshalb bat sie den Professor ihr die Leiter zu reichen, die in der Ecke neben Sahib stand und von irgendwelchen Arbeitern einst in der Kammer zurückgelassen worden war. Da es keinen ebenen Boden in diesem Bereich gab wurde es zu einem reinen Balanceakt die Leiter hochzusteigen. „Hast du vor dir das Genick zu brechen", hallte Sahibs tiefe Stimme durch das alte Gemäuer. „Nein keineswegs" antwortete Marie ihm, „wenn du vielleicht so nett wärest und die Leiter festhalten würdest, wäre es für mich sicher einfacher hinaufzusteigen", fügte sie lächelnd hinzu. Er lächelte charmant zurück, wobei seine weißen Zähne im fahlen Licht der Öllampe hell aufblitzten. „Okay Prinzessin", und dabei machte er eine leichte Verbeugung in Maries Richtung, „dein Wunsch sei mir Befehl" und dabei konnte er sein Lachen kaum unterdrücken. „Ich werde mein Möglichstes tun", sagte er und hielt die Leiter fest." Marie verdrehte leicht genervt die Augen und gab ein verächtliches Schnaufen von sich, aber sie musste zugeben die Streitgespräche mit Sahib, gefielen ihr ausgesprochen gut. Der Professor war unterdessen damit beschäftigt die Wand weiter unten zu untersuchen, schaute kurz auf und meinte nur kopfschüttelnd, „trödelt nicht so herum, ihr benehmt euch wie kleine Kinder."

Marie untersuchte die Unebenheiten im oberen Bereich der Felswand, als sie feststellte, dass es drei kleine Einkerbungen oder Kratzer mit gleichmäßigem Abstand gab. Es sah, wie ein uralter in Stein gemeißelter Verschlussmechanismus aus. Leise bat sie Sahib ihr den Skarabäus hinaufzureichen. Was dieser nur widerwillig tat, da er dieses ganze Unterfangen immer noch als totalen Blödsinn abtat. Marie nahm das Schmuckstück, ignorierte Sahibs verächtlichen Blick und legte ihn vorsichtig mit ihrer zittrigen Hand auf die Einkerbungen im Mauerwerk und drückte die Erhebungen, die sich auf dem Schmuckstück befanden mit aller Kraft fest in die Wand und lauschte mit klopfendem Herzen, auf das was jetzt wohl passieren würde. Doch nichts geschah. Alles blieb ruhig, nur ein leises Klicken war zu hören. „War das alles?" rief der Professor von unten. Auch Marie wirkte enttäuscht. Sie hatte sich ein wenig mehr erhofft. Vorsichtig löste sie den Skarabäus aus der Wand und kletterte die Leiter hinunter. Dabei nickte sie dem Professor schulterzuckend zu. So schnell geben wir nicht auf. Sahib schaute sie nur skeptisch an und machte gerade den Mund auf, um etwas zu sagen, als Marie meinte „nicht so schnell.

Vielleicht findet der Professor noch einen versteckten Hinweis. Irgendetwas muss dieses Klicken doch bewirkt haben, oder?"

Marie hatte kaum zu Ende gesprochen, als der Professor laut rief. „Kommt her und schaut euch das hier an. Hier der Stein, seht ihr, er ist locker, man kann ihn ganz leicht herausziehen", und dabei kauerte Summers auf dem steinigen Lehmboden und rüttelte an einem leicht hervorstehenden Felsen. „Seht doch! Kommt schon und helft mir." Mit einem leichten Ruck beseitigten sie gemeinsam den Stein und wirklich, mitten in der Felswand erschien eine Öffnung, nicht groß, aber groß genug, um hineinzukriechen. Marie sprang vor Freude in die Luft und klatschte vor Begeisterung in die Hände. Es hallte laut und gespenstisch durch die ganze Grabkammer, so dass Marie erschrocken innehielt und irritiert eine Hand auf ihren Mund legte.

Sahib sah Marie mit einem seltsamen Blick an. „Respekt kleine Hexe, Respekt! Das hätte ich nicht vermutet," und dabei, wie es seine Art war, nahm er sie liebevoll in seine Arme. „Woher wusstest du das?" Marie schaute ihn leicht verstört an, zuckte mit den Schultern und schüttelte hilflos den Kopf. „Keine Ahnung, ich wusste es nicht. Es war so, als wenn man etwas weiß, es aber irgendwann vergessen hat und dann urplötzlich in einer bestimmten Situation fällt es einem wieder ein. Verrückt, nicht wahr?" Sahib nickte, „ja ich weiß, wovon du sprichst. Ich kenne das Gefühl nur zu gut." „Seid ihr beiden jetzt fertig mit eurem philosophieren und können wir uns nun das Loch näher ansehen", fiel Summers den beiden genervt ins Wort. Marie lächelte verhalten, wandte sich fasziniert der Öffnung zu und wollte sich gerade durch das enge Loch zwängen, als Sahib sie abrupt zurückriss. Mit schroffer Stimme und ihr einen bösen Blick zuwerfend meinte er laut: „Hast du nun vollkommen den Verstand verloren? Du kannst doch nicht einfach in einen Tunnel klettern, der tausende von Jahren verschlossen war. Die Luft, die du dort einatmest, würde deine Lungen angreifen und zerstören und schon bald würdest du an den giftigen Sporen und Pilzen sterben. Und als nächstes würde in der Zeitung zu lesen sein der Fluch des Pharaos hat wieder ein neues Opfer gefunden." Marie wurde rot, wie unbedacht von mir, dachte sie und gab ihm vollkommen Recht. Vor lauter Übereifer hatte sie einige wichtige Regeln der Ägyptologie völlig außeracht gelassen. So etwas darf nicht passieren. Schon gar nicht ihr. Wütend stampfte sie mit ihrem Fuß auf den lehmigen Boden.

Sahib warf einen flüchtigen Blick auf seine Uhr und meinte nach kurzem Zögern, „wir sollten für heute Schluss machen. Es ist schon sehr spät bzw. sehr früh. Wir müssen heim damit uns von dem Wachpersonal niemand hier entdeckt. Gleich erfolgt die Ablösung. Wir kehren morgen bei Sonnenuntergang mit der richtigen Ausrüstung zurück." Der Professor und Marie nickten zögernd. Viel lieber würden sie den Geheimgang untersuchen, doch sie wussten auch das Sahib recht hatte. Es wird zu gefährlich, je später es wurde. Notdürftig verschlossen sie das Loch, falls einer der Aufseher auf die Idee kam, nachzusehen, ob alles in Ordnung sei. „Ich werde dafür sorgen, dass das Grab verschlossen bleibt, wegen Einsturzgefahr! Je weniger Touristen jetzt die Gruft besuchen, umso besser," meinte Sahib. Mir wird schon ein plausibler Grund für die Herren der Antikenverwaltung einfallen." Gemeinsam verließen sie so unauffällig, wie möglich das Tal. Am Horizont kündigte bereits der erste Sonnenstrahl den neuen Tag an.

Nachdem der Tag ereignislos verstrichen war, denn Marie hatte erst einmal etliche Stunden geschlafen, machte sich am späten Nachmittag ein kleiner Trupp von Menschen auf ins Tal der Könige. Angeführt wurde die recht schweigsame Truppe vom Professor und Sahib, gefolgt von Marie und einigen Ägyptern. Die Einheimischen, die sie begleiteten, um beim Graben zu helfen, kamen allesamt aus dem Dorf Kurna, auch bekannt unter dem Namen –Dorf der Grabräuber -. Bevor das kleine Dorf in der Wüste von der Regierung zwangsgeräumt wurde, war es ein Paradies für Schmuggler und Grabräuber. In fast jeder der kleinen Hütten gab es Öffnungen und Gänge, die in ein Grab hineinführten. Provisorisch wurden die Eingänge nur durch einen Teppich, den man geschickt über die Öffnung hängte, versteckt. Der Eingang konnte sich in der Wand oder auch im Boden befinden, das war ganz unterschiedlich. Durch diese Einnahmequelle bekam das Dorf auch seinen Namen. Das war auch der Grund warum die Einwohner ihre Heimat nicht freiwillig verlassen wollten, denn obwohl die Regierung neue, komfortablere Häuser nicht weit vom alten Dorf entfernt gebaut hatte, wollten die Bewohner nicht fort. Sie verloren mit dem Weggang aus ihrem Dorf auch ihre nie versiegende Einnahmequelle, denn Touristen, die besondere Artefakte suchten, gab es genug. Es könnte daher sehr interessant sein sich einmal intensiver an diesem Ort umzuschauen, dachte Marie. Doch sie wusste auch aus eigener schmerzhafter Erfahrung, wie gefährlich im Boden versteckte Gräber sein können. In Assuan kam sie deswegen schon einmal in Bedrängnis. Sie wusste genau Bescheid über die Gefahren dieser Gruften im Erdbereich und deshalb wäre es nicht verkehrt einen Führer, am besten jemanden aus Kurna mitzunehmen, der das Dorf wie seine Westentasche kannte. Sie schaute sich um. Die meisten Männer waren alt und machten einen gebrechlichen und ängstlichen Eindruck. Leise murmelten sie irgendwelche Beschwörungsformeln vor sich her. Es sei nicht recht, nach so langer Zeit die Ruhe des Pharaos zu stören, denn, was wäre, wenn sein Fluch über sie alle kommen würde.

„Der Tod soll, den mit seinen Schwingen erschlagen, der die Ruhe des Pharaos stört!"

So lautete einst die Inschrift auf einer Tontafel, die im Grab KV64 von Howard Carter gefunden wurde und tatsächlich kamen einige der Expeditionsteilnehmer, nach der Öffnung der Grabkammer auf mysteriöse Weise ums Leben. Allen voran Lord Carnarvon, der Finanzier der Ausgrabungsexpedition. Tragische und unerklärliche Todesfälle häuften sich. Heute jedoch weiß man, dass giftige Sporen und Pilze sowie Schimmel die Ursache der Todesfälle waren und doch lässt sich nicht alles rational erklären.

Manche sprechen von bösen Vorahnungen, von Zeichen, die ihnen erschienen sind und sie warnten in das Grab hinabzusteigen. Marie jedoch glaubte, dass ihre Furcht eher darin lag, dass sie unter Beobachtung standen und so nichts unbemerkt von den Schätzen einstecken konnten, um es heimlich zu verkaufen.

Zügig und flink, wie man es kaum vermutete für Männer in diesem Alter, legten sie die Öffnung in der Felswand erneut frei und vergrößerten zudem den Einstieg. Den Schutt brachten sie mit Körben in eine kleine Nebenkammer, die sich zusehends mit Steinen füllte. Marie und der Professor hatten bereits ihren Mundschutz angelegt und waren gerade dabei ihre Handschuhe anzuziehen und eine Schutzbrille aufzusetzen, um sich vor Fledermauskot und giftigen Sporen zu schützen, als die Öffnung groß genug war, um hineinzukriechen. Auf allen vieren kroch Marie als erste in das dunkle stickige Loch, dicht gefolgt von Summers und Sahib.

Zu ihrem großen Erstaunen stellten sie fest, dass sich direkt hinter der Öffnung ein Tunnelsystem verbarg, indem sie ohne weiteres aufrecht stehen konnten. Doch wie groß war gleichzeitig die Enttäuschung, als sie erkennen mussten, dass der Gang soweit sie sehen, konnten durch Steine und Geröll völlig verschüttet war. Es gab kein Durchkommen. Marie schluckte. Sie war zutiefst enttäuscht. Das war es jetzt. Nein, sie schüttelte energisch den Kopf. So leicht gab sie sich nicht geschlagen. „Das alles frei zu räumen kostet Zeit, viel Zeit" murmelte Summers resigniert, der mittlerweile hinter Marie aufgetaucht war und nicht minder enttäuscht war über das was er hier sah. „Halb so schlimm", versuchte Sahib die beiden aufzumuntern. Das kostet zwar Zeit, aber es ist zu schaffen, kein Problem. Das Vorhaben erwies sich jedoch weit schwieriger als erwartet. Der viele Schutt, wo sollte man ihn hinbringen. Das Tunnelsystem war eng. Man konnte die Steine nicht einfach zur Seite legen. Auch konnte man sie nicht einfach nach draußen befördern, denn dann würde man von den Wachen gesehen werden. Es würde nicht so einfach werden, den Weg freizumachen und das Wichtigste alles musste im Geheimen von statten gehen. Konnte Sahib sich auf jeden einzelnen der Männer verlassen oder würde einer für Geld das Vorhaben verraten?

Marie hatte schon einen anderen Gedanken, der sie wie ein Blitz traf. Morgen kommen Cloudia und Ahmed, die mit ihren Ausgrabungen im Tal der Königinnen auch vor großen Problemen und Herausforderungen standen. Vielleicht gab es eine Verbindung zwischen den beiden Tälern. Marie wollte auf jeden Fall die Aufzeichnungen und Skizzen von Ahmed mit den ihren vergleichen. Sie hatte so ein seltsames Gefühl, wie sie es schon einige Mal in diesem Land hatte. Dinge, die sie glaubte zu kennen, obwohl Marie sie zum ersten Mal in ihrem Leben gesehen hatte. Deja-vu, so nennt man wohl eine Erinnerungstäuschung, bei der eine Person glaubt, ein Ereignis früher schon einmal erlebt zu haben.

Doch nun wurde es Zeit zum Duschen und zum Essen. Ja sie war hungrig. Mal schauen was Mohamed, der Koch, heute gutes und leckeres für sie kredenzt hatte. Ihr Magen machte lautstarke Geräusche. Ja, die viele frische Luft machte eben Appetit und dabei musste sie laut lachen.

Kapitel 2

Erst vor ein paar Monaten kehrte Marie, von ihrem bis dahin größten Abenteuer, heim. Was hatte sie alles in Ägypten erlebt. Schöne und gefährliche Dinge. Ja, es war schon ein aufregender Urlaub. Und war es nun Zufall oder Bestimmung, dass sie heute fast auf den Tag genau, nach einem Jahr, wieder ihren Koffer packte und zurückkehrte. Zurück in eine ungewisse Zukunft. Zurück in das Land am Nil und zurück zu dem Mann, der sie dort so völlig aus der Bahn geworfen hatte. Er hatte ihr gesamtes Leben auf den Kopf gestellt. Alles woran sie geglaubt hatte, hatte sich verändert. Für ihn war sie nach reiflicher Überlegung sogar bereit alles aufzugeben. Doch sie war auch ein vorsichtiger Mensch und hatte sich ein „As" als Absicherung offengehalten. Ihren Job hatte sie nicht, wie sie es eigentlich vorhatte, gekündigt, sondern nur auf unbestimmte Zeit unbezahlten Urlaub genommen, dazu riet ihr, ihr sehr verständnisvoller Chef, der auch ein väterlicher Freund und Ratgeber war. Er hatte ihr ernsthaft ins Gewissen geredet, nicht alles sofort hinzuwerfen, sondern erst einmal in aller Ruhe abzuwarten, wie sich die Dinge entwickeln würden. Deshalb behielt sie auch auf sein Drängen hin ihre kleine Wohnung. Marie hatte sie nur einem guten Freund untervermietet. Und doch hatte sie den Eindruck, als würde sie gerade ihr komplettes Leben umkrempeln. Leise Zweifel beschlichen sie. Tue ich das richtige, aber was ist richtig und was ist falsch, fragte sie sich und dabei schweiften ihre Gedanken bereits ab. Wie würde das Wiedersehen mit Sahib sein, sie hatte sein Leben gerettet. Hatte er sie genauso vermisst, wie sie ihn oder war das für ihn alles nur ein Spiel. Würde alles ganz anders sein als bei ihrer Abreise? Sie wusste es nicht. Langsam, aber sicher wurde Marie nervös vor dem baldigen Treffen und wieder nagten Zweifel an ihr. Tue ich das Richtige? Alles hinter sich zu lassen, um in einem fremden und armen Land an einem aufregenden neuen Projekt mitzuarbeiten. Ihre Freunde fanden ihre Entscheidung ein wenig übereilt, aber sie respektierten sie und doch baten sie Marie eindringlich sich regelmäßig, wenigstens bei einen von ihnen zu melden, damit sie sich sicher sein konnten, dass es ihr gut gehe. Marie versprach es.

Beim Untergang der letzten Sonnenstrahlen erreichte sie Luxor. Sie mochte diese Stadt am Nil. Sie war ihr so vertraut. Nach einer kurzen Passkontrolle durch einen gutgelaunten Zöllner verließ sie ebenfalls lächelnd, durch die geöffnete Glastür, das Flughafengebäude. Frische kühle Abendluft umfing sie.

Marie schloss die Augen und atmete die kühle Luft genussvoll ein. Ja, mit einem Mal wusste sie es. Sie hatte sich richtig entschieden, das war ihr in diesem Augenblick klar geworden. Neben ihr sammelten sich die Touristen, die von ihrem Reiseleiter mit Namen aufgerufen und auf die gebuchten Schiffe oder Hotels verteilt wurden. Marie lächelte. So fing vor nicht allzu langer Zeit auch ihre erste Reise ins Land der Pharaonen an, und nun stand sie hier und würde für eine Saison bei den Ausgrabungen im Tal der Könige helfen. Sie freute sich wahnsinnig auf die Arbeit. Erst dann würde sie sich endgültig entscheiden, ob und für wie lange sie bleiben würde. Sie atmete abermals tief durch und schaute sich suchend um. Eigentlich sollte sie hier abgeholt werden. So war es zumindest mit Professor Summers abgesprochen. Die letzten Monate stand sie ausschließlich mit dem Professor in Kontakt. Er war für die Dokumente und Genehmigungen zuständig, die sie benötigte, um an den Ausgrabungen teilzunehmen. Sie würde dort als seine Assistentin mit ihm zusammen an einem interessanten Projekt arbeiten. Man war auf der Suche nach der Mumie der Prinzessin und Gemahlin von Pharao Tutanchamun.

„Hallo Marie, hier bin ich," hörte sie plötzlich eine angenehme tiefe Stimme rufen. Marie schaute zur

Seite und sah einen kleinen älteren Mann mit grauen Haaren, der freudig winkend auf sie zu lief. „Hallo meine Liebe, da bist du ja endlich" und dabei umarmte er sie so herzlich, so als wenn sie sich schon ewig kannten. „Hallo Professor Summers." „Ich freue mich auch, Sie endlich persönlich kennenzulernen," und dabei lächelte Marie den Mann freundlich an.

Professor Summers war Ägyptologe, hatte in Deutschland studiert und mittlerweile an fast allen renommierten Universitäten auf der ganzen Welt Vorträge gehalten. Er hatte einen guten Ruf und genoss großes Ansehen bei seinen Kollegen. Er war ca. 60 Jahre alt, trug eine große braune Hornbrille auf der Nase, war etwa mittelgroß und wirkte, wegen seines etwas zu hohen Gewichts ein klein wenig gedrungen, fast so wie ein Zwerg. Sein Lächeln war äußerst sympathisch und charmant. Er schien ein lockerer Typ zu sein, aber das hatte Marie bereits aus den Mails der vergangenen Wochen heraushören können.

„Wie geht es Sahib," plapperte Marie aufgeregt drauf los und dabei klopfte ihr Herz stürmisch und ihr Mund wurde trocken. Schmunzelnd antwortete der Professor, „Soviel ich weiß, freut er sich schon ganz besonders dich wiederzusehen. Aber er hat im

Moment eine Menge zu tun, deswegen konnte er auch nicht selbst kommen, um dich abzuholen. Er ist in einem Meeting mit den „Geldgebern" der Ausgrabung. Wichtige Sache, du verstehst?" Marie schaute ein bisschen enttäuscht drein und plapperte gleich weiter. „und wie geht es Cloudia?" „Ihr geht es ausgezeichnet. Sie ist mit Ahmed im Tal der Königinnen beschäftigt und freut sich schon riesig dich wiederzusehen.

Cloudia, Maries beste Freundin, kehrte schon vor längerer Zeit nach Ägypten zurück. Zu groß war ihre Sehnsucht nach Ahmed und die Neugier auf ein noch unentdecktes Grab im Tal der Königinnen.

Kurzerhand schnappte sich der Professor Maries Gepäck, warf es in den alten, recht klapprig aussehenden Jeep und los ging die Fahrt durch das nächtliche Luxor bis hin zu der einzigen Brücke, die das Ostufer mit dem Westufer verband. Nach kurzer Zeit erreichten sie das direkt am Westufer gelegene Dorf Neu Churna. Von hier aus war es nur noch ein kurzer Weg durch die angrenzende Wüste und schon bald konnte Marie in der Ferne die Lichter des Hauses erkennen, das nun für die nächsten Wochen ihr Heim sein sollte. Es war einst das Anwesen, das Howard Carter erbauen ließ. In dem er lebte und arbeitete, als er noch auf der Suche nach unentdeckten Gräbern im Tal der Könige war. Heute gehörte das Haus Sahib. Von hier aus leitete er die Ausgrabungen im Tal. Hier waren, für diese Saison, die Ägyptologen, die Ausgräber und zahlreiche Helfer der Expedition untergebracht, denn es lag in unmittelbarer Nähe zum Tal. Ein idealer Standort.

Marie war schon sehr gespannt, wie ihr Zimmer aussehen würde, wahrscheinlich sehr einfach. Na, hoffentlich gab es wenigstens eine Dusche, denn langsam verspürte sie den unwiderstehlichen Drang, sich zu erfrischen. Am Haus angekommen rief Summers einen ägyptischen Jungen zu sich. Er mochte vielleicht 12 oder auch 15 Jahre alt sein. Er gab ihm auf Arabisch einige kurze Anweisungen, die Marie nicht verstand. Summers schaute Marie an und sagte „der Junge bringt dich jetzt auf dein Zimmer. Es befindet sich in der 2. Etage, wie alle anderen Räume auch. Hier unten sind nur der Arbeitsbereich und Aufenthaltsraum. Die übrigen Mitarbeiter lernst du morgen beim Frühstück, gegen 6.00 Uhr kennen." „Ach ja, etwas zu essen und zu trinken findest du auf deinem Zimmer, bis Morgen dann, gute Nacht meine Liebe, schlaf gut und träume etwas Schönes. Man sagt, dass der erste Traum in einem neuen Heim in Erfüllung geht." Marie nickte enttäuscht und lief ein wenig irritiert hinter dem Jungen her. Sahib konnte sie nirgends erblicken. Vielleicht war er von seiner Besprechung im Old Winter Palace noch nicht zurückgekehrt. Vor einer der Türen blieb der Junge stehen, grinste Marie breit an, wobei ausgesprochen weiße und gerade gewachsene Zähne zum Vorschein kamen. Mit einem leichten Ruck öffnete er die Tür, stellte das Gepäck ins Zimmer und verschwand mit einem leichten Kopfnicken im dunklen Gang. Marie stand immer noch, wie angewurzelt im Flur. Eigenartig dachte sie, dann betrat sie das Zimmer und wunderte sich noch mehr, denn es schien bereits bewohnt zu sein. Gab es etwa einen Zimmermangel und musste sie ihr Reich mit jemand teilen? Der Professor hatte nichts dergleichen gesagt. Das Ganze war ihr ein wenig suspekt. Leise schloss sie die schwere Holztür hinter sich und stand unschlüssig im Raum. Das Zimmer war relativ groß. Auf der linken Seite befand sich ein geräumiges und komfortables Badezimmer, mit Dusche. Gegenüber der Eingangstür gab es eine große Fensterfront, die sich über die gesamte Breite des Raumes ausdehnte, mit einer Balkontür. Marie trat durch die Tür auf den riesigen Holzbalkon. Der Ausblick war atemberaubend. Marie schaute auf eine Bergkette, die zum Greifen naheschien. Die allerletzten Sonnenstrahlen der untergehenden Sonne tauchten sie in rötliches Licht. Irgendwo, dort in der Ferne, befand sich das

Tal der Könige. Marie konnte sich kaum sattsehen an diesen naturgeschaffenen Felsformationen und blieb noch eine Weile dort stehen. Inzwischen war die Sonne gänzlich untergegangen und außer der unendlichen Finsternis konnte man nichts mehr erkennen, ja noch nicht einmal erahnen. Marie kehrte langsam ins Zimmer zurück und schloss die Tür hinter sich. Die Betten, es waren zwei, standen direkt vor dem Fenster. Eines der Beiden war bereits benutzt. Das konnte sie ganz genau an dem verwuschelten Bettlaken und an dem zerknüllten Kissen erkennen. Marie überkam ein mulmiges Gefühl. Merkwürdig dachte sie. Sie schaute sich weiter um und entdeckte in einer dunklen Ecke noch eine Tür. Langsam bewegte sie sich darauf zu und öffnete leise die Tür. Sie betrat einen schwach beleuchteten Raum. Als sich ihre Augen an die Dunkelheit gewöhnt hatten sah sie in der Mitte des Zimmers einen großen antik aussehenden Schreibtisch stehen, auf dem unzählige Landkarten ausgebreitet waren. Sie zuckte mit den Achseln, und nun?

Ein kalter Luftzug erfüllte mit einem Mal den gesamten Raum und jemand sprach mit angenehmer sanfter Stimme „Hallo Prinzessin!" Marie erschrak zutiefst. Der Atem stockte ihr. Wie sehr hatte sie sich nach diesen Worten gesehnt. Ihr Herz klopfte schneller und unregelmäßiger und wie es Sahibs Art war, kam er in diesem Moment aus einer dunklen Ecke des Zimmers lächelnd, ja fast schwebend auf sie zu. Marie strahlte und umarmte ihn stürmisch. „Schön dich wiederzusehen," hauchte sie leise. Sahib schob sie ein Stück von sich, schaute sie lange an und meinte dann, „gut schaust du aus." Ja, es war langsam sichtbar, dass Marie seit ihrem letzten Abenteuer mit Sahib kaum gealtert war. Das Vampirblut schien sie eher noch verjüngt zu haben. Und noch ehe sie etwas sagen konnte, sprach er mit einem breiten Grinsen im Gesicht weiter. „Ich hoffe es stört dich nicht, dass ich dich in meinem Zimmer untergebracht habe. Im Moment sind so viele Expeditionsteilnehmer hier versammelt, dass alle Zimmer belegt sind." Er hielt kurz inne, sah sie zärtlich an, „außer der Besenkammer, aber ich denke nicht das du das möchtest, oder?" Marie schluckte kurz und meinte dann scherzhaft, „nein danke, ich denke wir werden uns schon vertragen oder was meinst du?" Lächelnd drückte er sie an sich und Marie genoss seine Zärtlichkeit, nach der sie sich so lange gesehnt hatte. Sie atmete tief durch und wusste, sie war daheim.

Ausgeruht und voller Tatendrang erwachte Marie am nächsten Morgen. Sie war glücklich, wie schon lange nicht mehr. Langsam streckte sie ihren Arm aus, um zu ertasten, ob Sahib noch neben ihr im Bett lag, doch ihre Hand griff ins Leere. Er war schon fort. Schade, dachte Marie. Dann rollte sie sich lächelnd in Sahibs Bett, steckte ihren Kopf in sein Kissen und atmete seinen männlich erotischen Duft ein. Sie schloss die Augen und träumte, als sie durch ein nerviges und lästiges Klingeln unsanft in die Realität zurückgeholt wurde. Was um alles in der Welt war das? Sie schaute sich suchend um. Ihr Blick fiel auf ihren Nachtisch. Dort stand ein Telefon, es musste wohl aus dem letzten Jahrhundert sein, so etwas gab es heute gar nicht mehr. Es machte einen fürchterlichen Lärm. Marie setzte sich auf das Bett und nahm vorsichtig den Hörer ab. „Hallo", rief sie, „ist da jemand?" „Marie, wo bleibst du denn?" „Wir warten auf dich." Das war die Stimme von Professor Summers. „Oh je", rief Marie, „habe ich völlig vergessen, bin gleich unten." Rasch warf sie den Hörer auf die Gabel und schaute flüchtig zur Uhr. Gerade mal 5.30 Uhr. Sie schüttelte sich. Wie heißt es doch so schön. Der frühe Vogel fängt den Wurm. Doch ihr war schon bewusst, dass wegen der extremen Hitze in der Wüste die Arbeiten recht zeitig in der Früh begannen um dann in der Mittagszeit eine wohlverdiente „Siesta" einzulegen. Außerdem hat Ägypten noch ein anderes Problem und das ist die Dämmerung. Hier gab es keine. Geht hier die Sonne unter ist es schlagartig stockdunkel. Marie zog rasch ihre Chinojeans an, schlüpfte in ein Trägertop, das ihre Figur sehr betonte und warf deshalb schnell noch ein lockeres Hemd über. Hastig öffnete sie die Zimmertür und trat hinaus in den engen dunklen Flur, lief zur Treppe und hinunter in die Etage, wo sich die Arbeits- und Gemeinschaftsräume befanden. Schon von weitem hörte sie aus einem der Zimmer laute arabische Musik und viele Stimmen, die alle durcheinander sprachen. Sie brauchte nur den Stimmen zu folgen, bis sie vor einer offenen Tür stand. Kurz blieb sie stehen und schaute in den Raum. Direkt vor ihr befand sich ein langer Tisch aus Holz an dem einige Männer Platz genommen hatten. Rechts davon gab es eine sehr alte Holztür. Dahinter befindet sich sicher die Bibliothek. Die muss ich mir später unbedingt anschauen, dachte Marie. Direkt dem gegenüber gab es eine lange Fensterfront mit einer geöffneten Tür, die allem Anschein nach, nach draußen auf eine Terrasse führte. Eine Neuerung, wie Summers später erzählte, diese Terrasse gab es zu Zeiten von Howard Carter noch nicht. Gegenüber der Eingangstür, in der Marie sich immer noch befand, gab es einen langen Tisch, auf dem das Frühstücksbüfett aufgebaut war. Es roch lecker nach frischaufgebrühtem Tee und frischgebackenen Fladenbrot. Am Kopf des Tisches saßen Professor Summers und rechts und links von ihm einige Mitarbeiter der Grabung. Sahib stand am Büfett und trank in aller Seelenruhe seinen Tee. Er lächelte sie an und nickte kaum merklich in ihre Richtung. In diesem Moment erhob sich der Professor von seinem Platz und rief Marie zu sich. Er zeigte auf einen leeren Stuhl an seiner Seite auf dem sie Platz nehmen sollte. Lächelnd schritt sie langsam auf den Professor zu, wohlwissend das die übrigen Männer jeden ihrer Schritte beobachteten. Sie konnte förmlich die Blicke auf ihrem Körper spüren. Es war ihr sehr unangenehm.

Sie setzte sich neben Summers, der sie nun den übrigen Mitarbeitern als seine Assistentin vorstellte und sie dabei väterlich in den Arm nahm. Er stellte ihr kurz ein paar Männer vor. „Das hier sind unsere Ausgrabungsleiter Tarek und Ehab, daneben das ist unser Fotograf Idakim und unsere Vorarbeiter Mohamed und Mahmud. Die anderen lernst du im Laufe der Zeit kennen." „Das meine lieben Freunde ist Marie, die uns ein wenig bei der Arbeit unterstützen wird." Marie wurde von allen mit einem freundlichen „Hallo" begrüßt, was sie freundlich erwiderte. Nach einer kurzen Arbeitsbesprechung standen die meisten Männer auf und machten sich auf den Weg ins Tal der Könige, nur wenige blieben noch am Tisch sitzen. Marie war eine von ihnen. Der Professor meinte, an ihrem ersten Tag sollte sie sich noch ein wenig akklimatisieren, bevor es mit der Arbeit losgeht. Das ließ Marie sich nicht zweimal sagen und nahm genussvoll noch ein Fladenbrot und einen Tee mit Minze. Danach würde sie sich in aller Ruhe erst einmal ein wenig umschauen.

Kapitel 3

Ungeduldig wartete Marie am nächsten Morgen auf Cloudia. Viel zu lange hatten sich die beiden Freundinnen nicht mehr gesehen, geschweige denn miteinander geredet. Marie kam es wie eine Ewigkeit vor. Und doch wartete sie ebenso ungeduldig auf Ahmeds Ankunft, der Cloudia begleitete und Karten und Aufzeichnungen seiner aktuellen Grabung mitbrachte. Schnell hatte sie deshalb gestern am späten Abend noch mit ihm telefoniert. Sie war neugierig, ob das, was sie bereits vermutete sich auch bestätigen würde. Es wäre eine Sensation. Endlich ertönte von draußen ein langanhaltendes Hupen. Sie waren da. Marie stürzte nach draußen, wo in diesem Moment Cloudia und Ahmed lachend und winkend mit ihrem klapprigen Jeep ins Camp fuhren. Nach einer herzlichen, fast nie endeten Begrüßung mit freundschaftlicher Umarmung und Küsschen rechts und links konnte Marie nicht mehr länger an sich halten und platzte heraus, „Ahmed hast du die Unterlagen dabei, um die ich dich bat, dann gib sie mir bitte." Cloudia sah sie überrascht an. „Tut mir leid Cloudi, aber es ist ungeheuer wichtig. Ich erzähle es dir später." Sie hatte noch nicht ausgesprochen, da riss sie dem verdutzt dreinschauenden Ahmed die Pläne aus der Hand und rannte schnurstracks in Sahibs Arbeitszimmer. Dort warf sie sich spontan auf den Boden und breitete die Pläne vor sich aus. Triumphierend schrie sie plötzlich laut auf, ich habe es gewusst, ich habe es gewusst und dabei tanzte sie unkontrolliert durch den Raum. Sahib und Summers, die durch das laute Gebrüll von Marie angelockt wurden blieben in der offenen Tür stehen, sahen sich an und schüttelten verständnislos den Kopf. Cloudia war die erste, die irgendwann zaghaft meinte, „Geht es dir gut Marie?" „Ausgezeichnet," rief Marie. „Mir ging es nie besser." „Kommt her, seht und staunt," rief sie, „denn ich habe eine bemerkenswerte Entdeckung gemacht." Langsam und vorsichtig näherten sich die anderen Marie, denn man konnte ja nie wissen, wann sie wieder so einen Anfall bekommt, wisperte Cloudia den anderen zu. „Nun kommt schon und seht. Seid doch nicht so langsam," rief Marie abermals. „Nun schaut doch." Und dann sahen sie es auch. Marie hatte mit einem Rotstift eine gerade Linie gezogen von Ahmeds Plan bis hin zu ihrem Plan. Sie hatte die Ausgrabungsstelle im Tal der Könige mit der Ausgrabungsstelle im Tal der Königinnen verbunden. Anhand der Karten sah es nun so aus, als wenn beide Täler durch ein unterirdisches Tunnelsystem miteinander verbunden wären. Es wäre denkbar, dass dieser alte Tunnel in früheren Zeiten den Grabräubern dazu diente an die begehrten

Grabbeigaben der alten Könige zu gelangen. Ein Tunnelsystem mit vielen kleinen Abzweigungen, das wäre die Lösung. „Ist das nicht großartig," rief Marie begeistert. „So können wir von beiden Seiten aus, anfangen zu graben. Wir, vom Tal der Könige, aus dem Grab von Tutanchamun und ihr, „dabei schaute sie Ahmed und Cloudia an," vom Tal der Königinnen, aus dem Grab der unbekannten Frau." „So können wir auch die Trümmer aus dem Tunnel viel schneller beseitigen." „Und irgendwo in dem Tunnel befindet sich das Grab von Anchsenamun, da bin ich mir absolut sicher." Maries Wangen glühten wie im Fieber als sie das sagte. Die anderen standen immer noch wie angewurzelt im Raum und schauten auf die Pläne, die dort am Boden lagen und waren so verblüfft, dass sie kein einziges Wort herausbrachten. Sollte Marie Recht haben, sollte das die Lösung sein. Es käme einem Wunder gleich.

Sahib war der erste, der seine Sprache wiederfand. Er zog Marie an sich, nahm sie in seine Arme, küsste sie auf die Nasenspitze und sagte. „Wenn du meinst, dass wir dort die Prinzessin finden, dann soll es so sein." Und dabei drückte er sie zärtlich an sich und flüsterte ihr ins Ohr, „welche Überraschungen hältst du noch für mich bereit?" Marie bekam keine Luft mehr, lächelte vielsagend und befreite sich sanft aus seiner Umarmung, dabei schaute sie liebevoll zu ihm hoch.

Doch trotz aller Euphorie hatten die Freunde noch einen langen beschwerlichen Weg vor sich, denn zuerst einmal mussten beide Gänge in dem verzweigten Labyrinth freigelegt werden und zum anderen durfte niemand etwas davon erfahren, falls überhaupt eine Verbindung der Täler existieren sollte. Also konnten sie nur heimlich in der Dunkelheit und nur mit ein paar vertrauenswürdigen Arbeitern dieses gewagte Projekt in Angriff nehmen. Die Arbeiten würden sich über viele Wochen, ja vielleicht sogar über Monate hinziehen, deshalb beschloss der Professor, sich zuerst einmal um private Dinge, die ihm am Herzen lagen, zu kümmern. Das diesjährige „Ehemaligen -Treffen" stand an und er war in diesem Jahr der Initiator.

Kapitel 4

Aus beruflichen Gründen musste Sahib kurzfristig nach Kairo reisen und er beschloss Marie auf diese Reise mitzunehmen, um ihr sein Land noch ein wenig näher zu bringen. Er selbst hatte einen äußerst wichtigen Termin beim Kurator des Ägyptischen Museums, wegen verschiedener Artefakte, die Sahib als Familienerbstücke besaß und der Kurator unbedingt für eine aktuelle Ausstellung in seinen Besitz bekommen wollte. Marie sollte in der Zwischenzeit ihrer liebe Freundin Lady Steffort einen Besuch abstatten. Marie war von diesem Vorschlag sofort hell begeistert. Die beiden Frauen hatten sich im letzten Jahr auf einer Nilkreuzfahrt kennengelernt und waren sich auf Abhieb sympathisch. Sofort begann Marie Reisepläne zu schmieden. Sie freute sich unheimlich darauf Lady Steffort wiederzusehen, denn diese war eine reizende und liebenswerte Person.

Und auf dem Rückweg von Kairo können wir in dem kleinen Hotel im Sinai unweit vom Katharinenkloster übernachten. „Was meinst du dazu?", und dabei schaute sie Sahib mit einem strahlenden Lächeln an. Marie mochte dieses Hotel, das für sie eine ganz persönliche Note hatte. Zu Sahib gewandt sagte sie, „dort haben Cloudia und ich im letzten Jahr auf den Weg nach Israel logiert. Es war ein winziges

Hotel, mit ganz wenigen Gästen. Einfach ideal zum Entspannen." „Von dort aus können wir dann im Kloster vorbeischauen, um dem Abt, „Guten Tag" zu sagen. Außerdem möchte ich ihn bitten mir ein paar Setzlinge aus dem Klostergarten zu überlassen, um sie hier bei uns einzupflanzen." „Ach ja, jetzt wo ich es erwähne, der Abt hatte gestern angerufen, um dir mitzuteilen, dass bei Restaurierungsarbeiten in der Knochenkammer ein kleiner Kasten aus Holz mit Hieroglyphen entdeckt wurde, in dem sich ein alter Brief in einer unleserlichen Hieroglyphenschrift befand. Da du dich mit solchen Dingen gut auskennst, möchtest du ihn dir bitte einmal anschauen." Sahibs Gesicht hatte sich mittlerweile verfinstert, barsch unterbrach er ihren Redeschwall, immer noch eine Unart von ihm, dachte Marie und seufzte tonlos. „Warum hast du mir das nicht schon eher gesagt, vielleicht ist es wichtig!" „Was, eher gesagt?" „Das der Abt mich sprechen wollte." „Habe ich vergessen." Sahib verdrehte genervt die Augen. „Sag mal, wie heißt dieses Hotel im Sinai, dann kann ich schon ein Zimmer bestellen," fragte Sahib. Unterdessen zog Marie ihre Stirn kraus und überlegte angestrengt, warte mal, ich glaube es hieß „Flowerbeach" oder war es Flowerpower, nein es war

Flowerbeach, da bin ich mir sicher" und dabei schaute sie zu Sahib hoch. Doch er hörte ihr schon gar nicht mehr zu, sondern schaute sie an, als wenn er an ihrem Verstand zweifeln würde. „Du muss dich irren, es kann nicht dieses Hotel gewesen sein, das ist unmöglich," sprach er leise." Maries Augen fingen an zu funkeln, das taten sie immer, wenn sie sehr wütend wurde, und das wurde sie nun langsam, aber sicher. Kratzbürstig schaute sie ihn an. „Denkst du etwa ich bin senil und weiß nicht mehr, wann und wo ich übernachtete," entgegnete sie schnippisch. „Es war Flowerbeach, da bin ich mir ganz sicher." Sahib widersprach ihr abermals. Eine Eigenheit, die sie ganz und gar nicht an ihm mochte. Er blieb jedoch beharrlich dabei, dass dies unmöglich sei, und er sagte ihr auch den Grund.

In diesem Hotel logieren seit fünf Jahren keine Gäste mehr. Genauer gesagt seit einem Terror-Anschlag, dem alle Gäste und Angestellte, die sich zu diesem Zeitpunkt im Hotel aufhielten zum Opfer fielen. Sie wurden mit gezielten Kopfschüssen regelrecht hingerichtet und das war am 21.07.2005. Von dieser barbarischen Tat berichteten damals alle TV-Sender und jede Zeitung in aller Welt. Marie war blass geworden, jegliche Farbe war aus ihrem Gesicht gewichen. Ihre Hände zitterten und waren schweißnass.

„Das kann nicht sein, stammelte sie." Sahib erhob sich aus seinem schweren Eichensessel, indem er gemütlich gesessen hatte und ging langsam zu der alten Kommode, am anderen Ende des Zimmers. Bedächtig schloss er die rechte Tür auf und nahm einen dünnen Aktenordner heraus. Damit ging er zu Marie, öffnete den Ordner, blätterte die Zeitungsartikel, die er darin aufbewahrte, langsam und bedächtig durch, bis er zu dem gesuchten Artikel kam und reichte diesen Marie mit den Worten, „Lies selbst." „Das kann ich nicht und das weißt du ganz genau. Ich kann weder arabisch lesen noch schreiben," und dabei reichte sie Sahib den Zeitungsausschnitt zurück." „Lese es mir bitte vor," bat sie in einem versöhnlichen Tonfall. Sie mochte es nicht, wenn sie sich stritten. Sahib nahm das Stück Papier wieder an sich, zeigte auf die Überschrift und las langsam Wort für Wort.

Massaker auf der Sinaihalbinsel im Hotel Flowerbeach

Bei einem heimtückischen Terroranschlag verloren alle Menschen, die sich zum besagten Zeitpunkt in der Hotelanlage aufhielten, ihr Leben.

Seitdem ist das Hotel geschlossen.

Sahib faltete ein zweites Blatt auseinander. „Dies hier ist die Auflistung von Personen mit Bild, die damals ums Leben kamen." Mit diesen Worten reichte er Marie, die schon etwas vergilbte Fotoseite. Geschockt starrte sie auf die Bilder, die Menschen zeigten, die sie im letzten Sommer, dort im Hotel gesehen hatte. Sie glitt tiefer in ihren Sessel und schnappte geräuschvoll nach Luft. Mit blassem Gesicht murmelte sie, „wie kann das nur sein." Sorgfältig, fast schon gedankenverloren, strich sie die Bilderseite, die auf ihrem Schoss lag, glatt, zeigte auf einzelne Personen und begann mit tonloser Stimme. „Das hier sind zum Teil Menschen, die ich ihm letzten Sommer dort gesehen habe." „Hier z.B., das ist Ahmed, der Oberkellner bei Tisch und das hier ist Mohamed. Er brachte uns immer die Getränke zum Pool und dabei streifte ihr Finger über die Fotos. Und hier diese zwei, kenne ich aus der Rezeption und das hier war eine russische Familie aus Moskau, die ihren Urlaub im Sinai verbrachte. „Willst du etwa behaupten, dass das alles nur Einbildung war," und dabei schaute sie Sahib herausfordernd an. „Und wieso kenne ich diese Gesichter, erkläre mir das?" „Das Einzige, was vielleicht ein wenig merkwürdig dort war, war der Umstand, dass es nur sehr wenige Gäste gab und das in der Zeit, die ich dort verbrachte, auch niemand neues ankam. Das war schon seltsam, Aber ich dachte, das liegt an der Revolution, die noch nicht so lange beendet war." Sahib schaute Marie lange an und meinte. „Vielleicht warst du ja in dem Schwesterhotel, das nur wenige Kilometer entfernt liegt und in dem alles baugleich ist!" Marie, die immer noch kopfschüttelnd auf die Fotos starrte, flüsterte leise, „ja vielleicht hast du ja recht, vielleicht war es das Schwesterhotel." Sahib, dem das alles auch recht seltsam vorkam, beschloss mit Marie zuerst zum Sinai zu reisen, um sich besagtes Hotel einmal näher anzuschauen.

Am nächsten Morgen machten die beiden sich in aller Früh von Luxor aus, per Flugzeug auf den Weg nach Sharm el Sheik.

„Man könnte natürlich auch den Weg der Bibel nehmen," scherzte Sahib. „Das würde heißen, man würde von Luxor mit einem Kamel durch die Wüste bis an das Rote Meer schaukeln, um von dort aus mit einem Schiff überzusetzen, denn dass sich das Meer vor uns beiden teilt, das halte ich für schier unwahrscheinlich. Vom Sinai aus müssten wir abermals ein Kamel besteigen, um durch die Wüste bis zum Katharinen Kloster zu gelangen. Und ich weiß doch, wie sehr du Kamele hasst," und dabei grinste er über das ganze Gesicht. Es wäre eine sehr lange und anstrengende Reise. Da diese Tour eine Menge Zeit in

Anspruch nehmen würde, denke ich wir nehmen den kürzeren und schnelleren Weg." Vom Flughafen Sharm el Sheik aus, ging die Reise mit einem Mietwagen weiter ins Landesinnere. Zuerst wollten sich die beiden das Hotel, das in unmittelbarer Nähe zu Israel und Jordanien lag, anschauen. Marie beschrieb es, als eine wunderschöne kleine Oase inmitten von Nichts an einem atemberaubenden weißen Sandstrand mit Blick auf eine kleine Insel, die zum Greifen nahe schien, -Insel der Götter-, nannten die Einheimischen sie. Im kristallklaren Wasser tummelten sich unzählige bunte Fische und andere Lebewesen. So könnte man sich das Paradies vorstellen. Marie lächelte. Am Ziel angekommen, konnte man sofort erkennen, dass es hier schon lange kein Leben mehr gab. Der Zaun, der das gesamte Gelände vor Eindringlingen schützen sollte, war im Laufe er Zeit ziemlich marode geworden. An einigen Stellen war er regelrecht in sich zusammengefallen. Vorsichtig öffnete Sahib das morsche Tor. Beide betraten eine verwahrloste Hotelanlage. Marie war entsetzt. Nichts, aber auch wirklich nichts erinnerte an die Anlage vom vergangenen Jahr. Alles war verfallen, verrostet, marode und tot. Hier gab es schon wahrlich lange nichts Lebendiges mehr. Die Rezeption, das Restaurant, in dem sie ihre Mahlzeiten einnahmen, alles ein Trümmerhaufen. Marie schluckte und dann mit einem Mal, schlug sie sich leicht vor dem Kopf. Die Fotos, die sie gemacht hatten. Die waren auf dem Laptop gespeichert. Wieso fiel ihr das nicht schon früher ein. Sobald sie wieder in Luxor waren, würde sie Sahib die Fotos zeigen. Erleichtert atmete sie auf. Mittlerweile waren sie am Pool angekommen, dort wo Marie jeden Morgen vor dem Frühstück ihre Runden schwamm. Jetzt gab es hier nur Schmutz und abgeblätterte Farbe, kein kristallklares Wasser, wie in ihrer Erinnerung. Es war ein trauriger Anblick. Hier war mit Sicherheit schon seit sehr langer Zeit niemand mehr geschwommen und dabei lief Marie ein kalter Schauer über den Rücken. Sie war schockiert und verstand, dass alles hier nicht. Was war hier nur geschehen? Als Sahib bemerkte in welchem Zustand sich die Frau befand, die er abgöttisch liebte, nahm er sie liebevoll in seine Arme und streichelte ihr sanft über das Haar. Marie kuschelte sich eng an ihm, sah zu ihm auf und flüsterte. „Ich war im letzten Jahr hier, ganz sicher. Was ist hier nur geschehen?" Und noch während sie sprach, verspürte sie einen leichten kühlen Hauch, so als, wenn jemand an ihr vorbei huschte. Ein leichter Schauer erfasste sie. Sie fröstelte. Sahib zuckte mit den Schultern, „du kennst den Zeitungsartikel, meine Liebe. Mehr weiß ich auch nicht." „Vielleicht warst du doch in dem Schwesterhotel." „Ja, vielleicht war ich das wirklich," hauchte Marie, doch davon überzeugt war sie nicht.

„Bald wird es dunkel," bemerkte Sahib. „Lass uns zum Kloster fahren. Dort können wir übernachten, bevor wir weiter nach Kairo reisen. Der Abt wartet sicher schon auf uns." Gemeinsam verließen sie Arm in Arm das verwahrloste Gelände und stiegen ins Auto. Doch für Marie war die Sache damit keineswegs erledigt. Sie wusste, sie würde allein zurückkehren und der Sache auf den Grund gehen.

Im Kloster wurden sie von den Mönchen bereits erwartet. Der Abt freute sich besonders, Marie wieder zu sehen. Er war ein gütiger und freundlicher Mann. Marie traf ihn bereits im letzten Jahr, als sie mit Cloudia zu seiner Besichtigung des Klosters angereist waren. Er war nicht sehr groß, was wohl daran lag, dass er wegen seines hohen Alters schon ein wenig nach vorn gebeugt ging. Wie alt mochte er wohl sein? Wenn er danach gefragt wurde, lächelte er nur und sagte knapp mit einem lächelnden Auge „man ist so alt, wie man sich fühlt." Er war schmächtig und hatte einen langen struppigen, weißen Vollbart. Fast schaute er aus, wie der Nikolaus und dabei musste Marie verstohlen lächeln. Gekleidet war er mit einer schwarzen Kutte, die ihm bis zu den Knöcheln reichte. In der Taille wurde sie durch einen weißen Stoffgürtel ein wenig in Form gehalten. Lächelnd bot er seinen Gästen im Garten unter einem großen Obstbaum Platz an und ließ einen köstlichen Rotwein servieren. Auf sein Winken hin brachte ein junger Novize die Karaffe, in der sich die Köstlichkeit befand. Dann unterhielt er sich angeregt mit Sahib über das gefundene Schriftstück. Maries Gedanken schweiften ab, was der Abt sehr schnell bemerkte. Er schaute sie freundlich an und wollte wissen, ob es ihr nicht gut ginge. Sie sei so still und abwesend.

Nach kurzem Zögern erzählte Marie dem Abt, was ihr auf der Seele brannte. Sie berichtete von dem Hotel und von ihrem letzten Urlaub. Als sie geendet hatte schaute sie in sein ungläubiges Gesicht und bereute schon, dieses Thema angeschnitten zu haben. Der Abt schüttelte den Kopf. „Unmöglich, mein Kind. Du musst dich irren." „Wahrscheinlich warst du in dem Schwesterhotel," sprach er weiter. „Es lag nur einige Kilometer entfernt von dieser Anlage. Das würde einiges erklären, denn dort ist alles, wie in Flowerbeach, nur seitenverkehrt. Sicher irrst du dich."Freundlich und aufmunternd sah der Abt Marie an, wandte sich dann wieder zu Sahib, um über den Fund zu sprechen. Marie, die keine Lust mehr hatte weiter über dieses Thema zu diskutieren, murmelte ein leises, „ja wahrscheinlich." Nachdem Sahib und der Abt sich nun schon einige Zeit mit dem Papyrusfund befasst hatten und zu keinem brauchbaren Ergebnis kamen, beschlossen sie für heute die Unterredung zu beenden. Die Sache zu überschlafen und morgen mit klarem Kopf nochmals über alles nachzudenken. Der Wein war ihnen mittlerweile zu Kopf gestiegen und ihre Gemüter waren erhitzt.

Zu diesem Zeitpunkt hatte Marie längst beschlossen, morgen in aller früh aufzustehen und zum Hotel zu reiten, und zwar allein. Gesagt – getan! Noch bevor die Sonne richtig aufgegangen war, schlich Marie leise aus dem Haus. Geräuschlos huschte sie zum Stall, sattelte sich flink ein Pferd und verließ so leise, wie möglich, den Klosterinnenhof. Zügig ritt sie die nur wenigen Kilometer bis zum Hotelkomplex. An der Umzäunung band sie ihr Pferd lose an. Geschmeidig kletterte sie durch die losen Zaunstäbe und betrat das Anwesen, das nun trostlos im fahlen Morgenlicht vor ihr lag. Es sah aus, als wenn es sich in einem Dornröschenschlaf befand. Eine seltsame magische Atmosphäre umhüllte alles. Ihr wurde schwindlig und übel. Strauchelnd setzte sie sich auf einen verrotteten Stuhl, der neben ihr stand und atmete tief durch. In diesem Moment geschah etwas Eigenartiges. Vor ihren Augen verschwamm alles.

Sie schloss die Augen und wie in Trance ging sie durch Raum und Zeit. Ihre Umgebung veränderte sich. Aus den zerfallenen Ruinen wurden, wie von Geisterhand, wieder intakte Gebäude. Der Pool erstrahlte in neuem Glanz. Das Wasser war sauber und klar. Die Liegestühle, die eben noch verrottet auf der Liegewiese lagen, sahen jetzt aus, als wenn sie gerade erst aufgestellt worden wären. Wie aus weiter Ferne erklang leise gedämpfte Musik. – My Heart will go on - von Celine Dion. Marie mochte dieses Lied. Es weckte Erinnerungen. Mit staunendem Blick verfolgt sie die Veränderung ihrer Umgebung. Marie war es so, als wenn sie plötzlich eine Stimme hörte. Sie erschrak und dann sah sie ihn. Mohamed, der Kellner, der sie im letzten Jahr am Pool mit Getränken versorgte. Er grinste sie breit an und sagte leise. „Madam, how are you? I have a drink for you" und dabei reichte er ihr mit strahlendem Lächeln einen eisgekühlten Cocktail. Er zeigt mit seiner Hand zum Eingang des Restaurants und dort standen all die anderen. Marie stockte der Atem. Die Menschen winkten ihr zu. Nur zögerlich erwiderte sie ihr Winken. Mit einem Mal plötzlich und ohne Vorwarnung streifte ein kalter kurzer Windzug sanft ihre Schultern und ihr Gesicht. Eine tiefe Zufriedenheit ergriff Marie. Erschrocken öffnete sie ihre Augen. Sie lächelte. Doch ihre Umgebung hatte sich verändert. Sie war wie vorher. Alles lag in Schutt und Asche. War das alles nur ein schöner Traum oder die Realität? Sie wusste es nicht. All ihre seltsamen Träume, die sie seit ihrer Kindheit begleiteten, hatten sie etwas mit diesem Geheimnis zu tun. Oder lag eine seltsame Magie über diesen Ort, in der Zeit und Raum, wie wir sie kennen, nicht existieren.

Langsam und gedankenverloren stieg sie auf ihr Pferd und ritt zurück zum Kloster. Die Sonne war bereits aufgegangen und stand hoch am Himmel. Sicher würde Sahib Maries Verschwinden bemerkt haben. Das gibt wieder Ärger, dachte Marie und runzelte die Stirn. Sie hatte keine Ahnung, wie spät es war oder wie lange sie in dem Geisterhotel war. Doch sie hatte Glück. Sahib hatte Maries Verschwinden gar nicht wahrgenommen. Er war viel zu sehr mit dem Übersetzten des Papyrusbriefes beschäftig, den der Abt durch Zufall entdeckt hatte. Nochmal Glück gehabt, dachte Marie und atmete erleichtert auf.

Nach ein paar erholsamen Tagen im Kloster, in denen Sahib sich mit voller Hingabe ausschließlich dem Hieroglyphen Texten widmete, erfreute Marie sich ausgiebig im Klostergarten. Von Flowerbeach sprach niemand mehr und Marie war es auch recht so.

Der Klostergarten in seiner ursprünglichen Form war ein reiner Nutzgarten und diente zur Selbstversorgung der Mönche. Später spielte er eine große Rolle in der Pflanzen- und Heilkunde. Die Mönche waren sehr bewandert, was die Heilkunde betraf. Sie besaßen das Wissen mit Pflanzen Krankheiten zu lindern oder gar zu heilen, auch das Böse konnten sie abwehren. So diente z.B. zur Abwehr gegen Unheil Beifuß und Johanniskraut. Als Heilpflanzen galten u.a. Minze, Fenchel, Dill, Liebstöckel, Thymian und Salbei. Als Beethintergrund wurden gerne die großen Kräuter, wie Beifuß, Engelwurz, Eibisch und Malve gepflanzt. Die Beetumrandung bestand oft aus Lavendel, Heiligenkraut oder Duftveilchen. Neben der Rose standen im Klostergarten auch die Madonnen- und Schwertlilie (Iris) als Heilpflanze. Jedoch legten die Mönche nicht nur Kräutergärten, sondern auch Gemüse- Obst- und Blumengärten an. Ins Gemüse- und Kräuterbeet passten hervorragend Estragon, Zitronenmelisse und Frauenmantel, ebenso wie Tomaten, Kartoffel, Mais usw. Marie war fasziniert und starrte mit offenem Mund auf den Garten. So eine Vielfalt verschiedener Blumen und Kräuter hatte sie nicht erwartet. Wie verzaubert schlenderte sie langsam durch die Schönheit der Natur.

Bruder Stephanus war ihr bei der Auswahl einiger Kräuter gern behilflich.

Bevor sie sich auf die Weiterreise nach Kairo machten, wollte Sahib noch in der Klosterbibliothek etwas über den Pharao nachschlagen, dessen Hieroglyphentext er gerade am Übersetzten war und dessen Texte allem Anschein nach aus dem Buch der Toten stammen. Er konnte bis jetzt nur noch nicht den Pharao und seine Dynastie bestimmen. Deshalb erhoffte er sich Informationen in den alten Büchern zu finden.

Er vermutete den Pharao in der 11. Dynastie. Es könnte Menuhotep II. sein. Er regierte von 2010 – 1998 v. Chr. Er vereinigte erneut beide Teile Ägyptens und ermöglichte so die Gründung des mittleren Reiches während seiner Regierungszeit. Aber, wie gesagt Sahib konnte es noch nicht einwandfrei beweisen.

Das Schriftstück, welches der Abt Sahib gegeben hatte, wirkte auf den ersten Blick alt und porös. Sahib tendierte dazu, es als echt zu bewerten. Das Papier war leicht vergilbt und sehr empfindlich. Geschrieben wurde mit schwarzer Tinte, die aus Ruß und einer Lösung von Gummi bestand. Die rote Farbe unterdessen wurde auf Ockerbasis hergestellt, das konnte Sahib anhand verschiedener Analysen feststellen.

Schweren Herzens legte er die Dokumente vorsichtig in seine Tasche, um später weiter daran zu arbeiten, denn ihre Abreise stand kurz bevor. Die Kamele standen bereit, um Sahib und Marie nach Sharm el Sheikh zu bringen. Von dort aus würden sie nach Kairo fliegen.

Kapitel 5

Marie dachte im ersten Moment sich verhört zu haben. Kamele! Sie hasste Kamele. Sie standen für alles, was sie verachtete. Sie waren groß, schmutzig und stanken. Sie verspürte wenig Lust sich auf so ein Tier zu setzen, um dann einige Kilometer durch die Wüste zu galoppieren. Ihr war gar nicht wohl bei diesem Gedanken und sie sollte Recht behalten. Schon das Aufsteigen war Horror und bereitete ihr enorme Schwierigkeiten. Sie war einfach ein paar Zentimeter zu klein. Außerdem, wie sollte es auch anders sein, hatte man ihr wieder einmal das größte und auch ungehorsamste Tier zu gewiesen. Vielleicht wäre im Nachhinein ein Tritthocker nicht schlecht gewesen, aber hinterher ist man immer schlauer. Also los ging es! Marie stand resigniert vor dem Tier und wusste nicht so recht, wie sie dort hinaufkommen sollte. Ein Araber kam eilig angelaufen, um ihr zu helfen. Er zog an ihrem Bein, um es über das Kamel zu legen, so fest, dass Marie es schon mit der Angst bekam. „Au" schrie sie laut auf. Mittlerweile war noch ein weiterer Araber zu Hilfe geeilt. Er schob Marie ungeniert am Po an. Sie wäre am liebsten im Erdboden versunken. Nach gefühlten unendlichen Stunden saß sie dann endlich auf diesem Ungetüm. So weit so gut. Jetzt musste das Kamel sich nur noch erheben und schon konnte es losgehen. Ein vermummter Araber gab Marie ein Zeichen. Sie sollte ihren Oberkörper weit nach hinten lehnen und sich vorne mit beiden Händen am Sitzknauf festhalten. Knauf, Marie sah überhaupt keinen Knauf. Das Ding war so klein und durch ihre Tasche verdeckt, dass ihre verschwitzten Hände überhaupt keinen Halt fanden. Mittlerweile war es dem Kamel dann doch wohl zu langweilig geworden und es beschloss sich, mit einer immensen Geschwindigkeit zu erheben, so dass Marie Mühe hatte sich oben zu halten. Puh, das wäre geschafft. Erleichtert atmete Marie tief durch. Laut schnaufend stand das Tier auf seinen vier Beinen, schaute kurz nach links und rechts und trabte gehorsam, samt Führer los. Marie, zuerst noch ein wenig verkrampft, fand nach kurzer Zeit zunehmend mehr Spaß an diesem Reisegefährt. Es war ein fantastisches Gefühl von hier oben auf die malerische Landschaft der Wüste hinabzusehen. Sie saß locker und entspannt auf dem Tier und hatte sogar Freude an dem Ritt, bis zu dem Moment, wo sie ihr Ziel erreicht hatten und absteigen sollte. Nun ja, dem Kamel war der Ritt wohl nicht lang genug gewesen und es verspürte nicht die geringste Lust anzuhalten und sich hinzulegen. Da half auch alles gute Zureden nichts. Marie wurde es zunehmend unbehaglicher. Der Araber, der das Tier eigentlich führte, warf genervt seine Hände in die Höhe und murmelte irgendwelche unverständlichen Laute. Bei so viel Unfähigkeit von Maries Seite aus, rief er wohl „Allah" um Hilfe an oder er sprach einige Verwünschungen gegen Marie aus. Er machte sehr eigenartige Verrenkungen, um Marie irgendwie begreiflich zu machen, was sie zu tun hatte. Jedoch starrte diese ihn nur noch genervt und böse an. Was wollte dieser Mann? Sie hatte nicht die geringste Ahnung und wurde aus dem lauten Gezeter des Arabers nicht schlau. Ratlos schaute sie ihn an. Plötzlich wurde es dem Kamel zu viel. Es hatte wohl vom ganzen Geschrei genug. Und ohne Rücksicht auf Verluste ging es schnell und unkontrolliert in die Knie. Doch nicht wie jedes normale Kamel in drei Etappen, nein dieses Tier übersprang die erste Phase und ging direkt aus dem Stand gleich nach vorn in die Knie. Marie schrie vor Schreck laut auf. Schweißgebadet und mit pochendem Herzen umklammerte sie in letzter Sekunde mit ihrer schweißnassen Hand und mit aller letzter Kraft den Knauf vorne und auch nach einigen Tasten den hinteren Miniknauf so fest, dass sie gerade noch einen Sturz in den Wüstensand abwenden konnte. Als das Tier dann endlich seine endgültige Liegeposition erreicht hatte sprang Marie mit seinem Satz hinunter in den heißen Sand und war sich sicher, niemals wieder auf ein Kamel zu steigen. Komme was wolle. Sahib indessen konnte sich vor Lachen kaum noch auf den Beinen halten. Marie warf ihm einen verachtungsvollen und bösen Blick zu. Die restliche Reise verlief dann zum Glück weitaus harmonischer und gemütlicher.

Über Ägypten brach die Nacht herein und niemand der Einwohner ahnte zu dieser Zeit, was sich ganz in der Nähe, in der nur durch Mondschein magisch erleuchteten Wüste zu diesem Zeitpunkt abspielte. Geheimnisvoll lag sie da, der Sand glitzerte, wie tausend kleine Diamanten. Wunderschön anzusehen. Kaum vorstellbar, dass so etwas Schönes, so etwas Grausames beherbergen konnte. Zuerst war es nur ein laues Lüftchen, was zart über den Sand wehte. Mit einem Mal verschwand das Mondlicht. Tiefe Finsternis und bedrohliche Schatten erschienen am Himmel. Der Wind wurde heftiger und heißer, bis er in einen Sandsturm ausartete. Eine bedrohliche Stille trat ein. Seth, der Gott des Sturmes und des Bösen brachte Angst und Unheil über das Land. Die Dämonen und Geister im Schatten der Dunkelheit würden bald über dieses Land herrschen und alles und jeden zerstören, der sich ihnen in den Weg stellt. Von all dem hatten die schlafenden Menschen keine Ahnung.

Am nächsten Tag gegen Mittag erreichten Marie und Sahib, ohne Zwischenfälle, Kairo. Ihr Hotel, das Sahib bereits von Luxor aus, vorgebucht hatte, befand sich in unmittelbarer Nähe der Pyramiden. Die Wirtsleute kannte er bereits seit seiner Kindheit. Es war ein familiäres Haus und auch Marie wurde sofort mit offenen Armen aufgenommen. Die Zimmer waren winzig und einfach eingerichtet, wie in einem Wirtshaus üblich. Aber es wirkte gemütlich und man konnte sehen, dass es mit sehr viel Liebe hergerichtet wurde. Der schmiedeeiserne Balkon war noch kleiner, gab aber einen atemberaubenden Blick auf die Pyramiden frei. Marie schmiegte sich lächelnd an Sahib. Morgen würden sie gemeinsam zu den Pyramiden fahren und sie sich anschauen. Marie freute sich schon wahnsinnig darauf, endlich einmal mit Sahib allein, sich die Schönheiten der alten ägyptischen Kultur anzuschauen. Viel zu selten unternahmen sie Dinge gemeinsam. Immer kamen irgendwelche Arbeiten oder Termine dazwischen. Marie seufzte leise und Sahib nickte ihr zu, so als, wenn er Maries Gedanken lesen konnte. Liebevoll schaute sie zu ihm hoch und eng umschlungen gingen sie zurück ins Zimmer. Übermorgen würde dann wieder jeder seinen eigenen Terminen nachgehen. Sahib musste ins Museum zum Kurator und Marie hatte eine Verabredung mit Lady Steffort, ebenfalls im Museum, jedoch zum Vergnügen. Auf dem Plan stand, zuerst gemütliches Tee trinken und danach ein informativer Spaziergang über den Bazar. Am Abend wollten sie direkt an der Promenade des Nils, zu Abend essen. Jedoch der morgige Tag gehörte erst einmal Sahib und Marie. Sahib drückte Marie noch ein bisschen fester an sich, bis sie lachend pustete, „ich bekomme keine Luft mehr". Zärtlich küsste er sie auf die Nasenspitze. Nach einer romantischen Nacht fuhren die beiden zeitig in aller Früh zu den Pyramiden von Gizeh. Sie gehören nicht nur zu den ältesten noch erhaltenen Bauwerken der Menschheit, nein, sie zählen auch zu den einzigen erhaltenen Bauwerken der sieben Weltwunder aus der Antike. Sie befinden sich am westlichen Rand des Niltals. Erhalten sind die drei kleinen Königinnenpyramiden, sowie die drei großen Pyramiden, die da wären, die Mykerinos, die Chephren, sowie die Cheopspyramide. Marie und Sahib unterhielten sich an der Cheopspyramide mit einem Forschungsteam aus Ägyptologen, die dort mit Ausgrabungen beschäftigt waren. Bei Arbeiten wurde hier ein riesiger Hohlraum, von ca. 30 m Länge entdeckt. Erforscht werden soll nun unter anderem, welchem Zweck er diente. Es war ein wunderschöner Tag, der leider nur zu schnell vorbei ging.

Am nächsten Tag trafen sich Marie und Lady Steffort im Museums-Café. Nach einer freundschaftlichen Umarmung wurden dann zuerst einmal Neuigkeiten ausgetauscht. Die beiden redeten und redeten ohne Pause und waren fröhlich und lachten viel. Still wurde es am Tisch nur, wenn einer der beiden Damen am Tee nippte. Marie war gerne mit Lady Steffort zusammen. Sie mochte die alte Dame sehr gern. Kennengelernt hatten die beiden sich bei Maries letzter Reise auf der Nil-Kreuzfahrt. Nach einiger Zeit machten die beiden sich gut gestärkt auf den Weg zum Bazar. Lachend schlenderten sie gemächlich die Gasse entlang. Der Bazar befand sich in fußläufiger Nähe.

Sahib war es zeitgleich im Museum nicht so lustig zu Mute. Er versuchte dem Kurator klarzumachen, ohne ihn zu beleidigen, dass er nicht bereit war, alte Artefakte aus seinem Familienbesitz für eine Ausstellung zur Verfügung zu stellen. Dabei handelte es sich um Gegenstände aus der 18. Dynastie, aus dem Grab von Tutanchamun. Zum einem um Kanopen, einen mit Edelsteinen besetzten Skarabäus sowie um eine Büste und eine Statue, die als Grabbeigaben dienten, ebenso wie kleine Figuren die dem Verstorbenen für seine letzte Reise in sein neues Leben, mitgegeben wurden. Sahib seufzte. Der Kurator ließ nicht locker. Nach zähem Ringen entschloss man sich zu einem Kompromiss, der für beide Seiten annehmbar war. Man würde die Artefakte ausstellen, jedoch nicht die Originalen, sondern es sollten Kopien angefertigt werden. Kein Laie würde den Unterschied der perfekt aussehenden Kopien bemerken.

Mittlerweile hatten die beiden Damen den Bazar erreicht. Der Khan al Khalili Bazar ist der größte Markt Afrikas. Gegründet 1382 im islamischen Viertel von Kairo. Er entstand auf dem Gelände eines ehemaligen Mamluken Friedhofs als Rasthaus an einer Karawanenstraße. Marie war jedes Mal aufs Neue von der Vielfalt des Marktes begeistert. Die vielen unterschiedlichen Teesorten und natürlich auch die große Auswahl an Gewürzen ließ jedes Herz höherschlagen. Doch was Marie noch mehr als alles andere faszinierte waren die Parfüm Flakons. Es gab sie in verschiedenen Farben und Formen. Meistens aus hauchzartem Glas angefertigt, zerbrechlich und wunderschön. Nachdem sie sich ausgiebig in dem kleinen Laden umgesehen hatte, fand sie ihren Flakon und kaufte ein besonders schönes Stück aus zartem hellblauem Glase gefertigt. Lady Steffort unterdessen war am Gewürzstand angekommen und konnte sich nicht so recht entscheiden. Sollte sie nun Safran oder doch lieber etwas anderes kaufen. Hilfesuchend hielt sie nach Marie Ausschau. Marie indes erwarb noch schnell „Kakade" einen sehr aromatischen Malventee. Unterdessen kam auch Sahib auf die beiden Ladys zugelaufen. „Na, wie schauts aus, begrüßte er die beiden mit einem Lächeln. Wie wäre es mit einem Tee und eine Kleinigkeit zu essen? Wie ich Marie kenne, hat sie bestimmt schon wieder Hunger." Marie tat entrüstet, „du kennst mich ziemlich gut. Manchmal macht mir das ein wenig Angst. Und doch gefällt es mir."

Kapitel 6

Zurück in Luxor, erkundigte sich Marie zuerst bei Professor Summers, sie wollte erfahren, wie weit die Arbeiten am Tunnel fortgeschritten waren. Doch der winkte nur müde ab. „Es wird wohl noch eine ganze Weile dauern, bis der Schutt beiseitegeschafft ist", und dabei seufzte er niedergeschlagen.

Lustlos schlenderte Marie am frühen Morgen durch das Haus, als sie, wie zufällig, ins Arbeitszimmer von Professor Summers gelangte. Ihr Blick streifte, wie unbeabsichtigt, seinen unaufgeräumten Schreibtisch. Marie schmunzelte, ihr fiel ein Spruch ein, den sie einmal irgendwo aufgeschnappt hatte. Er lautete „ein aufgeräumter Schreibtisch zeugt von einem einfältigen Geist". Das traf beim Professor mit Sicherheit nicht zu. Was für ein Durcheinander, dachte sie. Der Terminkalender des Professors lag aufgeschlagen auf dem Tisch. Für, in zwei Wochen war ein Termin eingetragen und rot mit einem Stift markiert worden, den Marie nicht so richtig verstand. „Treffen der Ehemaligen." Was hatte es damit auf sich? Marie wusste es nicht. Sie nahm also den Kalender und machte sich auf den Weg Professor Summers zu suchen, um ihn danach zu fragen. Das sie vielleicht ein wenig zu neugierig war, auf diese Idee kam sie überhaupt nicht. Sie fand Summers auf der Terrasse im Schatten einer mächtigen Palme. Er kniete auf den Boden und säuberte gerade vorsichtig einige Objekte, die aus einem schon vor längerer Zeit entdeckten, Grab stammten. Leicht irritiert schaute er auf, als Marie ihn leise ansprach. „Marie, was machst du denn da mit meinem Kalender?" „Ohje, habe ich eventuell einen wichtigen Termin vergessen?" „Nein, keine Sorge, alles in Ordnung. Ich fand hier nur einen Eintrag, der mich ein wenig irritierte! Hier steht Treffen „der Ehemaligen". Was ist das?" „Ach das, „der Professor lächelte. „Das, meine Liebe, ist eine alte und sehr lange Geschichte," erwiderte Summers und lächelte gedankenverloren. „Das macht nichts", antwortete Marie, „ich habe genug Zeit, erzählen sie nur." Der Professor setzte sich auf, schaute zu Marie und begann zu berichten. „Du musste wissen, Marie, als ich vor langer Zeit in Deutschland oder, besser gesagt, in Göttingen an der Universität mein Studium absolvierte, lernte ich dort drei Kommilitonen kennen. Wir verstanden uns auf Anhieb und wurden die besten Freunde. Wir lernten gemeinsam, verbrachten einen Großteil unserer Freizeit zusammen und versprachen uns am Ende des Studiums, das uns in alle Welt verstreute, das was immer auch kommen mag, wir uns einmal im Jahr treffen würden, um wie, wir es nannten, unsere Gedanken auszutauschen. Während unserer Zeit in

Göttingen waren wir, für die anderen Kommilitonen, wie die vier Musketiere, gemäß dem Motto „Einer für alle und alle für Einen," und das hat sich auch bis heute nicht geändert."

„Wir, das waren **Professor Manuel Rodriges aus Peru**, Archäologe und Hobbybotaniker. Sein Ausgrabungsgebiet befindet sich in Cusco und Umgebung. Außerdem ist der Regenwald im peruanischen Dschungel sein Steckenpferd."

„Als nächstes hätten wir **Professor Franz Schuster, Archäologe aus Wien**. Er widmet sich den Ausgrabungen in Carnuntum. Carnuntum war ein römisches Militärlager musst du wissen, erbaut zum Schutz der römischen Provinz Pannonien." Marie nickte zustimmend. „Es liegt nur wenige Kilometer von Wien entfernt und befindet sich in unmittelbarer Nähe zur Donau, in Niederösterreich. An einer Stelle, in der bereits in der Antike die Bernsteinstraße die Donau überquerte. Mein guter Freund erzählte," der Professor weiter, „wohnt ganz in der Nähe des archäologischen Parks, indem er auch arbeitet. Bis heute konnte nur ein geringer Teil der einstigen Siedlung freigelegt werden, das ist sehr schade," murmelte er, „aber der Rest des Areals besteht aus Ackerland. Mal mangelt es, wie bei so vielen Projekten, an der Finanzierung, hier jedoch mangelt es auch an den

Privatbesitzern des Ackerlandes, die nicht bereit sind, ihr Land für irgendwelche Forschungen und Ausgrabungen zur Verfügung zu stellen. Ja, das ist schon eine schwierige Situation, brummte Summers leise vor sich hin. Marie, die ihn aufmerksam zu gehört hatte, nickte zustimmend mit dem Kopf.

„Und dann gibt es noch **Professor Alvares Giovanni**, seines Zeichen Historiker und Archäologe. Er lebt und arbeitet in **Rom und in der Umgebung der Toskana**. Sein Steckenpferd ist das Erforschen von Geheimbunden, allen voran die Illuminati. Du weißt vielleicht, dass die Illuminati ein Geheimbund war, der bei seinem Handeln beeinflusst wurde, durch die vier Elemente der Wissenschaft oder genauer gesagt, der mystischen Urstoffe, die da wären Erde, Luft, Feuer und Wasser. Aber ebenso ist Alvares auch an dem Leben der Templer interessiert. Du weißt doch sicher, dass das ein geistlicher Ritterorden war, der um 1119 in Jerusalem gegründet wurde." Marie nickte und schaute Summers mit großen Augen an. „Ja, ich war doch im letzten Jahr in Israel und besuchte dort Bethlehem. Ich sah die Geburtskirche und die Grabeskirche und auch die Klagemauer. Es war ein beeindruckendes Erlebnis. Einmal dort zu stehen, wo alles begann." „Dann weißt du sicher auch, was mit den Templern geschah?", wollte der

Professor wissen. „Ja, ich weiß, dass der Orden **durch *Philipp V.*** gewaltsam aufgelöst wurde, weil er die Macht der Templer fürchtete. Die Ordensmitglieder wurden öffentlich hingerichtet. Aber es ranken sich nach wie vor viele Mythen und geheimnisvolle Geschichten um den Orden," sagte Marie voller Ehrfurcht. „Na gut, aber kommen wir nun einmal zur Sache. Ursprünglich arbeitet Alvares in der Toskana im archäologischen Museum im Palazzo Doziden von Vinoterra. Immer auf der Suche, den Etruskern ihre Geheimnisse zu entlocken. Alvares erzählte mir einmal, dass er in einer unwirklichen Gegend arbeitet, wo der Aberglaube noch weit verbreitet sei. Die Menschen dort fürchten sich vor der Dunkelheit und man erzählt sich Spukgeschichten von Geistern und Vampiren." „Schnickschnack," murmelte Marie. „Sie wollen mich wohl auf den Arm nehmen, Professor. So einen Unsinn glaubt doch heut zu Tage niemand mehr. Sie wissen doch, es gibt für alles eine logische Erklärung." „Genau mein Kind, du hast recht," und dabei klatschte der Professor freudig in seine Hände und schmunzelte.

„Und zum Schluss komme natürlich ich, der letzte der Musketiere, **Professor James Summers, Ägyptologe** mit Leib und Seele. Also wie gesagt, jedes Jahr gibt es ein Treffen und jedes Mal ist ein anderer von uns dran, das Treffen zu organisieren. In diesem Jahr bin ich es und ich freue mich schon wahnsinnig meine alten Freunde wiederzusehen. Bald wirst auch du sie alle kennenlernen und du wirst sie mögen, da bin ich mir ganz sicher."

Endlich war für Summers der langersehnte Tag da. Mit der Morgenmaschine aus Kairo kamen seine drei besten Freunde an. Marie hatte ihm versprochen die Männer vom Flughafen abzuholen. Sie machte sich zeitig auf den Weg zum Airport, denn auf keinen Fall wollte sie zu spät kommen. Jetzt in den frühen Morgenstunden war die Luft noch recht angenehm kühl, doch das würde sich bald ändern. Sobald die Sonne voll im Zenit stand, würde es wieder unerträglich heiß werden. Es war schließlich Sommer. Pünktlich landete der Flieger mit den drei Professoren an Bord.

Marie konnte die Männer dank Professor Summers detaillierter Beschreibung rasch erkennen. Als erstes begrüßte Marie Professor Manuel Rodriges aus Cusco, als nächstes erschien direkt dahinter Professor Franz Schuster aus Wien, der ihr sehr elegant die Hand küsste. Marie lächelte. Und etwas später erschien dann auch noch Professor Alvares Giovanni aus Rom. Langsam und bedächtig kam er mit einem leichten Lächeln auf die Gruppe zu. Marie stellte sich den Männern kurz vor und begab sich mit ihnen zu dem Auto, das sie draußen vor dem Flughafengebäude geparkt hatte. Sie fuhren durch Luxor, und Marie erzählte ihnen einige Dinge zu den Tempelanlagen von Karnak und Luxor. Anschließend fuhren sie weiter zu ihrer Unterkunft. Mohamed erwartete sie schon ganz aufgeregt. Es liebte es, wenn Gäste kamen, denn dann hörte er viele Neuigkeiten, wer mit wem, warum, wieso, weshalb, denn ansonsten konnte es hier schon recht einsam werden. Er schnappte sich flink das Gepäck und brachte die Neuankömmlinge mit einem breiten Grinsen hinauf in ihre Zimmer, wo sie sich ein wenig erfrischen konnten. Marie lief unterdessen durch das Untergeschoss auf der Suche nach Summers, als sie rein zufällig an Sahibs Arbeitszimmer vorbeikam und ungewollte ein Telefonat mit anhörte, indem ihr Name fiel. Neugierig geworden, blieb sie lautlos hinter der Tür stehen und lauschte. Doch was sie da zu hören bekam machte sie sprachlos. Sie hörte mit an, wie Sahib allem Anschein nach mit ihrem Chef in Deutschland telefonierte. Sahib sagte, dass er ihren Job und ihre Wohnung kündigen sollte, denn Marie würde nicht mehr zurückkehren. Marie wurde blass. Was fiel ihm nur ein, eine so schwerwiegende

Entscheidung über ihren Kopf hinweg zu entscheiden. Einfach so über ihr weiteres Leben zu bestimmen, ohne sie nach ihrer Meinung gefragt zu haben, das machte sie zornig. Wütend ballte sie ihre Hände zu Fäusten, gekränkt und verletzt versuchte sie Ruhe zu bewahren. Leise schlich sie zurück auf ihr Zimmer, schloss nahezu lautlos die Tür und warf sich weinend auf ihr Bett. Ihr Schluchzen unterdrückte sie im Kissen.

Ihre Gedanken kehrten zurück zu jener Zeit, als sie ein Kind war. Mit geschlossenen Augen lag sie auf dem Bett und dachte an ihre Eltern, einfache und fleißige Leute, die sie und ihre Geschwister stets auf ihrem Weg unterstützten und bestärkten. Unwillkürlich musste sie lächeln. Sie war das Nesthäkchen, das kleinste und jüngste Mitglied der Familie. Von den Eltern schon ein wenig verwöhnt und verhätschelt, so wie eine kleine Prinzessin, sehr zum Missfallen ihrer Geschwister. Oft hatte sie dafür von ihrer Schwester Lea und ihrem Bruder Max Prügel bezogen. Ja, Marie musste sich eingestehen, dass sie teilweise sehr egoistisch und auch zickig war und sie wusste genau, wie sie die Eltern um den Finger wickeln konnte. Sie konnten ihr fast nichts abschlagen. Ihrer Unterstützung war sie sich immer sicher. Marie hatte eine wundervolle Kindheit und wuchs sehr behütet auf. Und dann kam dieser schreckliche Tag und mit einem Mal war nichts mehr so wie früher. Sie weiß es noch wie heute. Es war ein schöner sonniger Nachmittag im Spätherbst, als die zwei Polizisten vor der Tür standen, um ihnen die Nachricht zu überbringen, dass ihre Eltern bei einem Zugunglück ums Leben gekommen waren. Für Marie brach eine Welt zusammen. Es dauerte lange bis sie diesen Schock überwunden hatte. Die Zeit heilt alle Wunden, sagte man ihr, doch der Schmerz blieb. Viele Jahre waren seitdem vergangen.

Lea ist inzwischen verheiratet und lebt mit ihrem Mann, den zwei Kindern und einem Hund in der Nähe von Brüssel, denn sie arbeitet dort bei der **UN**. Max wiederum lebt und arbeitet als Ingenieur in Kanada. Sie pflegten einen losen Kontakt. Meistens trafen sie sich an den Feiertagen, mal bei Lea oder Max oder auch mal bei Marie. Ihre Gedanken kehrten zurück zu dem Telefongespräch, dessen sie zufällige Zeuge wurde. Vielleicht hatte Sahib recht? Vielleicht gab es ja tatsächlich nichts mehr in Deutschland, was sie dort hielt. Ihre Freunde waren alle verheiratet und hatten mittlerweile alle eine eigene Familie. Nur sie war allein geblieben. Vielleicht gehörte sie nicht mehr dort hin. Sie spürte tief in ihrem Innern, dass jetzt Luxor ihre Heimat war, und das war auch gut so. Trotzdem wollte sie allein entscheiden, wo sie in naher Zukunft leben wollte. Was fiel Sahib ein, über ihr Leben bestimmen zu wollen. Wütend ballte sie erneut ihre Hände zu Fäusten. Langsam atmete sie tief durch und griff zum Telefonhörer. Sie hörte es bereits am anderen Ende klingeln. „Hallo," rief sie in den Hörer, „hier ist Marie." Am anderen Ende war ein leichtes Knacken zu hören. Abermals hauchte sie fast tonlos in den Hörer: „hier ist Marie, kannst du mich hören, Michael, bist du da?" „Hallo", rief jemand mit fester Stimme zurück. „Wer ist denn da, Sie müssen lauter sprechen. Ich kann sie nicht verstehen." Stille! Ein leises Schluchzen war zu hören. „Michael," rief sie in den Hörer, „Marie," bist du das, nun sag doch schon etwas." „Ja," kam es leise mit erstickender Stimme zurück. „Marie, was ist passiert?" Michaels Stimme wurde nun hektisch. „Nun sprich schon." Leise sprach Marie, „ich habe Sahib belauscht. Ich will nicht, dass du meine Wohnung neu vermietest. Ich will nicht, dass er über meinen Kopf hinweg entscheidet, wie mein Leben verlaufen soll," und wieder war ein leises Schluchzen zu hören. „Marie," erklang es vom anderen Ende, beruhige dich. Ohne deine Zustimmung werde ich gar nichts unternehmen. Hast du mich verstanden?" „Ja," kam es gedämpft zurück. „Danke." „Ich melde mich wieder."

„Du brauchst dir keine Sorgen zu machen, verlass dich auf mich. Wie geht es dir denn?" „Eigentlich geht es mir recht gut, Michael. Ich will nur noch nicht, jetzt schon alle Brücken hinter mir abbrechen. Ich brauche einfach noch ein wenig Zeit." „Mach dir keine Sorgen, mein Kind, du hast alle Zeit der Welt. Alles bleibt, wie es ist, solange du das möchtest." „Danke Michael, bis bald." „Bis bald Marie." Ein kaum vernehmbares Klicken und die Leitung war tot. Marie atmete mehrmals tief durch und fühlte sich nach dem Gespräch mit Michael schon bedeutend wohler. Sie lächelte. Er war ein guter Freund, auf den Verlass war.

Kapitel 7

Professor Summers hatte seinen Freunden natürlich aufgeregt, unter dem Zeichen der Verschwiegenheit, von der Entdeckung des Tunnels erzählt, und da die Aufräumarbeiten in der versteckten Kammer mehr Zeit in Anspruch nahmen als gedacht, unternahmen Summers und seine Kollegen eine Besichtigungstour ins Tal der Könige. Alvares Giovanni unterdessen saß in Summers Büro und las seine Mails. Und entdeckte dabei eine äußerst wichtige und dringende Nachricht aus der Toskana. Verständnislos schüttelte er seinen Kopf. „Wie konnte ich das nur übersehen," murmelte er vor sich hin. „Langsam, aber sicher werde ich alt." Es war eine Mail von seinem Büro aus Vinoterra. Man erinnerte ihn, zwar freundlich, aber bestimmt, daran, dass auf dem Schreiben der vierteljährlichen Budgetabrechnung seine Unterschrift fehlte. Ohne Unterschrift konnte der Antrag nicht bearbeitet werden und ohne Bearbeitung gab es kein Geld. Der Professor stöhnte laut auf, „diese Bürokratie, einfach lächerlich," murmelte er. Marie, die durch den Flur schlenderte und zufällig am Büro vorbeikam und das verzweifelte Stöhnen des Professors hörte, eilte gleich zu ihm und nahm ihn tröstend in die Arme. Er erinnerte sie an ihren verstorbenen Vater. Dasselbe verschmitzte Lächeln in den Augen.

Ein wenig irritiert rückte er seine Brille zurecht, die langsam drohte von seiner Nase zu rutschen. Er schaute sie leicht verstört an und sagte: „Ich muss sofort nach Italien, dringende Geschäfte." Noch ehe er ganz zu Ende gesprochen hatte klatschte Marie begeistert in die Hände. „Prima," rief sie freudig, „ich komme mit. Hier gibt es im Moment für mich sowieso nichts zu tun. Bitte," flehend sah sie Alvares an, bitte," und dabei klimperte sie gekonnt mit den Augen, so wie sie es schon früher immer getan hatte. „Okay, okay, du hast mich überredet, packe rasch ein paar Sachen zusammen. Morgen in aller Früh fliegen wir los." „Super", überschwänglich umarmte sie den Professor und war blitzschnell durch die Tür verschwunden.

Sahib war mit dieser übereilten Aktion überhaupt nicht einverstanden, denn er kannte Alvares kaum und wusste daher nicht, ob Marie bei ihm sicher aufgehoben war, doch Marie verstand es gekonnt ihren Kopf durchzusetzen. Und so ging es am nächsten Tag zum Flughafen, um von Luxor nach Kairo und dann weiter nach Mailand zu fliegen. In Mailand wartete bereits ein Mietwagen, mit dem sie in die Toskana fahren würden. Das kleine mittelalterliche Dorf Vinoterra am Rande eines gewaltigen Gebirges war die Arbeitsstätte von Professor Alvares.

Nachdem in Luxor beim Start noch herrliches Sommerwetter herrschte, erreichten sie Mailand bei kühlen Temperaturen und leichtem Nieselregen. Der Mietwagen wurde beladen und ohne großen Aufenthalt fuhren die beiden hinaus aus der Stadt. Doch je weiter sie ins Landesinnere kamen, umso stärker wurde das Unwetter. Teilweise bildeten sich über den kleinen Bächen weitläufige Nebelbänke, die vom Boden her hochstiegen. Es wirkte gespenstisch. Marie erwartete bei diesem Nebel, dass gleich am Straßenrand irgendwo die „Frau in Weiß" auftauchen würde. Sie schüttelte sich. Sie musste unbedingt aufhören immer wieder diese alten Gruselfilme zu schauen. Grelle Blitze durchzuckten, in immer kürzeren Abständen, den pechschwarzen Himmel. Marie zuckte erschreckt zusammen. Ängstlich und mit weit aufgerissenen Augen schaute sie hinauf zum mondlosen Himmel. Ihr schaudertet. Nachdem der Professor bemerkte, dass Marie sich ängstigte, versuchte er sie ein wenig abzulenken und erzählte von seiner Arbeit. Er berichtete von den Römern und von der Eroberung der Etrusker. „Im Moment arbeite ich vorwiegend an der Villanovakultur, die vor allem auf Friedhöfen zu finden ist. Es handelt sich um Urnen, die mit geometrischen Motiven bemalt sind. Einige der Grabfunde sind aus dem 9. Jh. v. Chr. Anhand kleiner Erdmulden konnte ich feststellen, dass die Etrusker ursprünglich die Feuerbestattung pflegten. Vinoterra zum Beispiel hat sich, mittels der Keramik und Alabasterproduktion, zu einem wichtigen Zentrum der etruskischen Kultur entwickelt. Und Voltumna gilt als der oberste Gott der Etrusker." „Wusstest du das, Marie?" Und dabei sah er lächelnd zu Marie hinüber. Die ein wenig verkrampft zurück lächelte und den Kopf schüttelte.

Da sich das Dorf zwischen zwei Bergketten in einem tiefen Tal befand, versank die Sonne hier schon zeitig. An diesem Ort herrschte stetige Dunkelheit. Die letzten Sonnenstrahlen leuchteten blutrot über die zerklüfteten Bergspitzen. Sie entstanden durch Jahrtausende von Wettereinflüssen. Im Winter durch Eis und Frost und im Sommer durch extreme Hitze, die durch die Sonne erzeugt wurde. Dadurch bildeten sich eigenartige Formationen im Gestein. Die Luft war lau und schwer. Lange dunkle Schatten fielen über die alten brüchigen Gemäuer des kleinen unwirklichen Dorfes, wo die Zeit stillzustehen schien. Keine Menschenseele war zu sehen. Die Türen der kleinen Backsteinhäuser waren fest verschlossen, die Fenster mit Läden aus Holz fest verriegelt, und dass, obwohl die Nacht noch nicht hereingebrochen war. Der Regen, der mit dem Sonnenuntergang auch hier eingesetzt hatte, prasselte auf den mittlerweile aufgeweichten Lehmboden. Überall entstanden matschige Pfützen, die im Scheinwerferlicht wie Kristalle schimmerten. Über dem nahegelegenen Moor erhob sich majestätisch der weiße Nebel und von der Kirche, die über dem Dorf auf einem Hügel thronte, ertönte leise eine Glocke. Alles an dieser Gegend verursachte einem eine Gänsehaut. Dieser Ort wirkte unwirklich und geheimnisumwittert, aber das war nicht verwunderlich. Unter den Einheimischen wurde dieser Ort auch „Dorf der Toten" genannt. Der Name wurde nur geflüstert, denn man wollte auf keinen Fall die Wesen der Nacht herbeirufen. Wer konnte, machte einen großen Bogen um dieses Dorf und von den Bewohnern hielt sich bei Dunkelheit niemand mehr draußen auf.

„Es ist wirklich gruselig" sprach der Professor weiter und hatte dabei ein breites Grinsen in seinem Gesicht. „Man denkt, jeden Augenblick springt aus irgendeiner dunklen Ecke Graf Dracula, persönlich hervor", und dabei lachte er laut auf. Doch das Grinsen in seinem Gesicht erstarb schlagartig, als er weitersprach. „Ich habe es selbst erlebt. Ob du es glaubst oder nicht. Es war zum Fürchten und ich bin ein Mann der Wissenschaft und gewiss kein ängstlicher Patron. Aber hier geschehen Dinge, die man kaum rational erklären kann." „Für alles gibt es eine logische Erklärung," warf Marie forsch ein, „denn Geister sind eine unnütze Erfindung." „Ja, bemerkte der Professor trocken, „aber das besagt noch lange nicht, dass es sie nicht doch gibt, oder?" Mahnend hörte Marie Sahibs Stimme in ihrem Kopf." Vergiss nicht, auch du bist zum Teil ein Geschöpf der Nacht, sei immer auf der Hut!"

Marie schaute den Professor mit starrem Blick abwesend an und flüsterte, „Träume sind wie Schatten. Sie sind das Tor zu einer anderen Welt." Erstaunt blickte Alvares sie an und sagte „was redest du denn da, Marie?" Marie sah den Professor an. Es war aber, als wenn sie durch ihn hindurch blickte. Sie sprach leise weiter, fast, wie in Trance.

„All überall kann man die Zeichen der Vergangenheit sehen. Ich schließe meine Augen, lasse mich fallen und tauche ein, in eine andere faszinierende Welt. Menschen in früheren Zeiten brauchten es, wie wir heute auch. Den Glauben, die Liebe, die Hoffnung und nicht zu vergessen die Träume, denn nur sie machen uns zu dem, was wir sind. Wer nicht träumt, kann auch nicht hoffen, und wer nicht hoffen kann, ist verloren. Leider bleibt in unserer schnelllebigen Zeit kaum Raum für Träume. Das ist sehr schade und auch gefährlich, denn Träume sind der Blick in unsere Seele. Verlerne nie zu träumen, denn sonst bist du verloren. Jede Zeit hat ihre eigenen Träume, sie sind die Schatten, die uns unser ganzes Leben begleiten."

Als sie geendet hatte schaute Alvares sie verstört an. „Marie," sagte er leise, um sie nicht zu erschrecken. „Alles in Ordnung?" Sie zuckte kaum merklich zusammen. Sah ihn erstaunt an und fragte, „natürlich, warum fragen Sie?". „Lassen sie uns schnell unsere Unterkunft suchen, bevor wir noch klitschnass werden." Alveres hatte in der Zwischenzeit gestoppt. Rasch sprang Marie aus dem Auto und lief zügig auf das einzige Gasthaus im Dorf zu, so, als wäre nichts geschehen. Alvares folgte ihr mit ernstem Gesicht, denn er wusste nicht so recht, was er von diesem Ausbruch halten sollte. „Es ist dieses verdammte Dorf," murmelte er leise vor sich hin. Sie mussten über Nacht bleiben, denn die Strecke bis zum Museum war zu kurvenreich, und die Fahrt bei diesem Wetter viel zu gefährlich. Außerdem brach bereits die Nacht heran. Es wäre Selbstmord heute noch weiterzufahren. Es könnten Bergabgänge stattgefunden haben, die man zu spät erkennt. Also aßen sie noch etwas zu Abend. Die Wirtsleute waren so freundlich und hatten ihnen noch eine Kleinigkeit hergerichtet.

Nachdem der Professor und Marie sich in ihre Zimmer zurückgezogen hatten, war es schon recht spät geworden. Marie duschte kurz und legte sich dann erschöpft auf das doch recht weiche Bett. „Huch", dachte sie, als sie darin versank. Langsam glitt ihr Blick, im Halbdunkeln, Stück für Stück durch das ganze Zimmer. Es war sehr schäbig. Die Wände hatte tiefe Risse und schon lange keine frische Farbe gesehen. Der Fußboden knarrte bei jeder Bewegung und war schmuddelig. Gardinen vor den Fenstern gab es keine. Und irgendwie hatte Marie ein mulmiges Gefühl. Sie fühlte sich beobachtet. Zur Sicherheit ließ sie sich ein Stück aus dem Bett gleiten, um unter dieses zu schauen. Doch da war niemand, genauso wenig, wie im Schrank. Aber dieses befremdliche Gefühl blieb. Die Tür war fest verschlossen und die Fenster ließen sich eh nicht öffnen, wahrscheinlich, damit kein Vampir einsteigen konnte. Aber wieso können Vampire durchs Fenster ins Zimmer eindringen, jedoch nur durch die Tür kommen, wenn sie eingeladen werden? Marie überlegte, aber es fiel ihr keine logische Erklärung ein. Eigenartig. Marie versuchte sich zu beruhigen, doch es gelang ihr nicht. Genervt starrt sie in die Dunkelheit, nachdem sie die kleine Nachttischlampe gelöscht hatte. Aber dieses merkwürdige Gefühl nicht allein zu sein, blieb. Laut seufzte sie auf, um kurz danach in einen unruhigen Schlaf zu fallen. Abrupt erwachte sie schlagartig mit klopfendem Herzen. Wie spät mochte es sein, wie lange hatte sie geschlafen? Völlig desorientiert suchte ihre Hand nach dem Lichtschalter. Endlich, sie knipste das Licht an. „Huch", entfuhr es ihr mit einem spitzen Schrei. Was war das? Ihr war, als, wenn jemand ihre Hand leicht berührt hätte. Kühl und Feucht. Ein kalter Hauch erfasste ihren Körper. Sie schüttelte sich, brrr. Schnell schaute sie sich im Zimmer um. Sie war allein. Außer, es gibt Geister, dachte sie und lächelte. Geister, so ein Blödsinn. Marie schaute nochmals Richtung Tür. Alles war wie vorher. Vorsichtig ging sie mit ihrer Zunge über die Lippen. Sie waren völlig ausgetrocknet und mit einem Mal verspürte sie einen furchtbaren Durst. Ihr letztes Wasser hatte sie bereits vor dem Zubettgehen, getrunken und nun, dachte sie, muss ich wohl oder übel nach unten in die Küche der Wirtsleute gehen, und dabei schüttelte sie sich. Oder sollte ich den Professor wecken? Nein, der lacht mich sicher nur aus. Also ging Marie, bewaffnet mit einer Taschenlampe zur Tür, schloss sie auf und lugte vorsichtig hinaus in das dunkle Treppenhaus. Niemand da. Leise versuchte sie nach unten zu gelangen, doch der Holzfußboden ächzte unter jedem ihrer Schritte. Immer wieder schaute sie sich um, sie atmete schwer und sie fühlte, dass sie nicht allein war. Angst kroch in ihr hoch. Im Stillen hoffte sie, dass es ein freundlicher Geist war. Endlich hatte sie die Küche erreicht. Sie lag direkt rechts am Ende der Treppenstufen. Vorsichtig drückte sie leicht gegen die Pendeltür, suchte den Lichtschalter und lief geradewegs auf den Kühlschrank zu. Als sie gerade die Tür öffnen wollte, erlosch das Licht im Raum. Marie rang nach Luft, ihr Herz klopfte bis zum Hals. Mit einem Mal kamen kleine Nebelschwaden aus ihrem Mund. Es wurde bitterkalt und irgendetwas strich über ihren Körper. Sie wollte schreien, jedoch es kam kein Ton aus ihrem Mund. Oh, mein Gott, dachte sie entsetzt. Blitzschnell griff sie nach einer Wasserflasche, warf mit einem Ruck den Kühlschrank heftig zu und rannte, so schnell sie konnte, hinaus zum Treppenhaus. Hinter sich dachte sie, ein leichtes Lachen zu hören. Sie raste die Treppen hinauf, stürmte in ihr Zimmer und verkroch sich unter ihrem Oberbett. Voller Furcht wartete sie, doch nichts geschah. Sie wurde wieder ruhiger. Erschöpft schloss sie die Augen und schlief augenblicklich ein. Die schemenhafte Schattengestalt in der dunklen Zimmerecke sah sie nicht. Der Schatten schwebte näher, küsste sie sanft auf die Stirn, streichelte ihre Wange und flüsterte, „du bist mein." Am nächsten Morgen war Marie sich nicht mehr sicher, ob sie ihren gestrigen Ausflug nicht nur geträumt hatte und beschloss daher, dem Professor von all dem nichts zu erzählen. Was sie jedoch nicht bemerkte, war der schleierhafte weiße Nebel oben vor ihrem Fenster, als sie mit dem Auto davonfuhren.

Als sie das Dorf verließen schliefen die meisten Bewohner noch tief und fest. Schon nach kurzer Zeit, da die Straße frei war, erreichten sie ihr Ziel. Das Palazzo Doziden, indem sich das archäologische Museum befindet – Alvares Arbeitsstätte. Es hatte endlich aufgehört zu regnen.

Alvares war Professor der Archäologie mit Schwerpunkt auf der etruskischen Keramik. Er leitete Ausgrabungen und analysierte die Gegenstände, die seine Studenten bei den Grabungen entdeckt und aus dem lehmigen Boden geholt hatten. Er war, wie viele andere auch, immer auf der Suche nach dem ultimativen einzigartigen Fund.

Alvares führte Marie herum und zeigte ihr seine Arbeit. Wenn er von seiner Arbeit berichten konnte, war er in seinem Element und er erklärte alles so anschaulich, dass auch Marie begeistert war und ihm aufmerksam lauschte. So lernte sie in kurzer Zeit faszinierende Dinge über die Etrusker.

Kapitel 8

Marie, die gerade erst aus der Toskana zurückgekehrt war, hörte erstaunt, dass, Lady Steffort bereits seit nun mehr als einer Woche in Luxor logierte. Sie wohnte, wie es bei einer englischen Lady Tradition war, natürlich im altehrwürdigen Hotel „Old Winter Palace", mit Blick auf das Westufer und den Nil. Marie freute sich schon sehr darauf die Lady wiederzusehen, die beiden waren im Laufe der Zeit gute Freundinnen geworden. Lady Steffort war zu der bevorstehenden Graböffnung gekommen. Seit Wochen berichten, sämtliche Medien und die Presse von diesem besonderen Ereignis. Jegliche Art Menschen, die es sich leisten konnten oder auch nicht, waren gekommen, um dem Ereignis beizuwohnen. Zwielichte Gestalten huschten durch die Gassen, in der Hoffnung, das Geschäft ihres Lebens zumachen. Schon bald würde es so weit sein. Außerhalb vom Tal der Könige war das Grab eines Soldaten gefunden worden. Es lag unweit der Gräber KV 43 Thutmosis IV. und KV 19 Monthu-her-Chopeschef entfernt. Eine Vielzahl von Schaulustigen versammelte sich am Tag der Öffnung vor dem Grab. Reporter aus aller Welt waren angereist, um dieses Schauspiel hautnah mitzuerleben. Aus Kairo war der Inspektor für Altertum mit zwei seiner Mitarbeiter gekommen.

Wegen der noch enormen Hitze zu dieser fortgeschrittenen Jahreszeit tupfte er unaufhörlich mit einem weißen Tuch seine schweißnasse Stirn ab. Schaulustige wurden von bewaffneten Soldaten der ägyptischen Armee in gebührendem Abstand gehalten, da das Grab großflächig abgesperrt war. Die extreme Hitze und die angriffslustigen Insekten bereiteten dem Vorhaben immense Schwierigkeiten. Überall sah man offene Regenschirme, die als Sonnenschirme dienten, und stöhnende und verschwitzte Menschen.

Da Marie von Lady Steffort eingeladen worden war, standen die beiden Damen natürlich ganz vorne bei den geladenen Gästen. Der Archäologe Simon Carter, ein entfernter Nachfahre des legendären Howard Carter, hielt eine kleine Ansprache, bevor er mit einem kleinen Teil seiner Gäste unzählige Treppen hinunter stieg bis zu einer kleinen maroden Holztür. Danach führte er sie durch zwei winzige Räume, deren Wände mit guterhaltenen Hieroglyphen verziert waren. Ansonsten waren die Räume leer. Keine Grabbeigaben, keine Skulpturen, nichts gab es hier. Enttäuscht wandten die Gäste sich ab. Durch die hohe Luftfeuchtigkeit machte der eine oder andere Gast langsam schlapp. Sogar das Atmen kostete Kraft und war anstrengend. Marie strich sich eine nasse Haarsträhne aus dem Gesicht. Sie war mittlerweile nass bis auf die Haut, aber trotzdem noch neugierig, ob es nicht vielleicht doch noch etwas zu entdecken gab. Der dritte Raum, in den die Gruppe gelangte, war die eigentliche Grabkammer. Die Wände waren mit Texten beschrieben und mit Göttern bemalt. Dort **sah man Anubis, Gott** der Toten und der Mumifizierung. Er wird oft als Schakal dargestellt. In sehr alten Pyramidentexten wird seine Funktion beim Totengericht beschrieben. Er „wiegt die Herzen auf". Mit Isis suchte er die Leichenteile von Osiris zusammen, die von Seth über ganz Ägypten verstreut wurden. Dann setzte er Osiris wieder zusammen. Nach der Legende balsamierte und mumifizierte Anubis erstmalig Osiris. Im Schein der Fackeln erschien er so lebendig. Die Farben an den Wänden waren so kräftig, so frisch, als seien sie gerade erst aufgetragen worden. In der Mitte des Raumes stand der Sarkophag auf einer kleinen Anhöhe. Er war nicht so kostbar mit Gold verziert, wie bei den Pharaonen, aber liebevoll mit den Familienmitgliedern bemalt worden. Auf einem Holzständer am Fußende des Sarges befand sich das Totenbuch, das den Verstorbenen auf seine letzte Reise begleiten sollte. Dr. Carter erläuterte die einzelnen Stationen im Totenbuch und antwortete hilfsbereit auf Fragen einzelner Gäste. Danach verließ die Gruppe erschöpft die Grabkammer. Dr. Carter begleitete sie nach draußen, wo er bereits von einer Meute Reporter ungeduldig erwartet wurde, um ihnen nun Rede und Antwort zu stehen.

Marie schaute zu Lady Steffort und flüsterte, „das war wirklich faszinierend." Die Lady nickte ihr zustimmend zu. Vollauf damit beschäftigt sich einigermaßen zu trocknen. „Ja Marie," antwortete sie in diesem Moment, „ja, es war wundervoll, wenn es nur nicht so heiß wäre." Und dabei musste sie unwillkürlich laut lachen.

Kapitel 9

Die Sonne ging gerade erst auf und wieder kündigte sich ein heißer und staubiger Tag an. Wer konnte, verkroch sich bei diesen Temperaturen am besten irgendwo in einem abgedunkelten kühlen Raum, direkt vor einem Ventilator, und bewegte sich so gut wie gar nicht. Einen heißen Tee mit Minze und die Augen geschlossen, in der Hoffnung, dass diese Hitze bald vorbei ging. Gemäß den Worten, „die Götter werden es schon richten."

Marie und der Professor brüteten über ausgebreitete Pläne vom Grab Tutanchamun, als Professor Manuel Rodriges an diesem Tag spät abends einen beunruhigten Anruf von einem guten Freund aus Peru erreichte. Er beaufsichtigte dort eine spektakuläre Ausgrabung und erhoffte sich wichtige Neuheiten über das Leben und Sterben der Inka zu erfahren. Das er jedoch so spät abends anrief war recht ungewöhnlich. Professor Rodriges, der das Gespräch selbst angenommen hatte, wirkte wie versteinert. Er wurde blass, wischte sich den Schweiß von der Stirn und stammelte unverständliche Laute. „Professor," rief Marie erschrocken. „Ist alles in Ordnung? Ist etwas passiert?" Auch die anderen schauten ihn besorgt an. „Nun reden sie doch schon!" Der Professor, der zwischenzeitlich das Gespräch beendet hatte, war weiß wie eine Wand. Er schaute auf Marie und meinte dann sarkastisch, „das würde ich ja gerne tun, aber du lässt mich ja nicht zu Wort kommen. Ich muss augenblicklich nach Ollantaytambo reisen. Das liegt in Peru!" „Ich weiß, wo das liegt," warf Marie vorwitzig ein. Ohne auf sie zu achten, redete Rodriges weiter, „dort hat man einen aufregenden Fund gemacht. Nach heftigen tagelangen Regen und schweren Erdrutschen ist dort in der alten Ruinenstadt der Inka eine guterhaltene Mumie entdeckt worden. Was an sich nicht weiter aufregend wäre, wenn diese Mumie nicht ein ägyptisches Amulett um den Hals tragen würde." Aufgeregt sprang er auf, lief durchs Zimmer und rief „ich muss sofort nach Peru, und Summers nehme ich gleich mit." Mit einem Aufschrei rief Marie, „ich komme auch mit." Wie angewurzelt blieb der Professor mitten in einer Bewegung stehen, schaute sie entsetzt an und meinte, „das ist doch wohl nicht dein Ernst?" „Warum denn nicht," rief sie. Hier wird es noch ewig dauern, bis die Arbeiter endlich den Eingang zur Grabkammer freigelegt haben, da sie nur nachts ungestört arbeiten konnten, damit niemand etwas von der Grabung mitbekommt. Sahib wird außerdem froh sein, wenn ich ihm eine Zeitlang nicht auf die Nerven gehe, außerdem muss er in der nächsten Woche sowieso geschäftlich für einige Tage nach Kairo", erklärte Marie. „Also wie schaut's aus, Professor. Wann geht's los?" „Langsam, Marie, zuerst haben wir noch eine Menge zu erledigen, Flüge, Einreisen, Aufenthalte usw.", antwortete Summers, der mittlerweile zu den beiden getreten war. „Ich denke, ein paar Tage wird es schon noch dauern, bevor wir unsere Reise antreten können."

Einige Tage später war es dann endlich so weit. Nachdem alle Vorbereitungen abgeschlossen waren und Sahib seinen Unmut laut kundgetan hatte, konnte es endlich losgehen. Er war nicht damit einverstanden, dass Marie nach Südamerika flog, wo es seiner Meinung nach viel zu gefährlich für eine Frau war, denn er wusste nur zu gut, dass Marie die Gefahr förmlich anzog, egal, wo sie sich befand. Doch nachdem die Professoren mehrmals betont hatte, gut auf Marie zu achten und Marie genau wusste, wie sie Sahib um den Finger wickeln konnte, ließ er sie, wenn auch nur widerwillig, reisen. Liebevoll nahm er sie beim Abschied in die Arme und bat sie eindringlich vorsichtig zu sein und sich auf kein Abenteuer einzulassen. „Bin ich das nicht immer", flüsterte sie, stellte sich auf Zehenspitzen und gab ihm einen zärtlichen Kuss. „Mach dir keine Sorgen. Ich bin nicht lange fort."

Da es von Luxor keinen Direktflug nach Südamerika gab, flogen die drei zuerst nach Kairo und dann weiter nach Peru, wo sie am späten Abend in Lima Zwischenstation machten und übernachteten, bevor sie am nächsten Morgen mit einer kleinen Cessna Richtung Cusco flogen, dass sie dann so etwa um die Mittagszeit erreichen würden. Ein Mietauto brachte sie zu ihrem Hotel. Rodriges hatte bereits in einem kleinen einheimischen Hotel unweit der **berühmten Fußgängerzone, der lebhaftesten und buntesten Straße im Zentrum von Lima,** mehrere Zimmer reserviert. Zur Begrüßung und zur Eingewöhnung der extremen Höhenlage wurde ihnen vom Hotelpersonal direkt ein Cocatee gegen die sogenannte Höhenkrankheit gereicht. Anschließend führte man sie auf ihre Zimmer. Ihre Räume befanden sich direkt gegenüber und waren sehr spartanisch eingerichtet.

Cusco ist die mystische Hauptstadt des alten Inkareiches. Sie ist voll von Denkmälern und historischen Reliquien. Mythen und Legenden ranken sich noch heute um diesen Ort und scheinen immer wieder neu aufzuleben. Cusco liegt auf einer Höhe von 3.360 Metern und wurde früher auch der „Nabel der Welt" genannt. Die Geschichte der Stadt beginnt einer Legende zufolge im 11. oder 12. Jahrhundert vor Chr., als der erste Inka, Manco Capac auf Befehl des Sonnengottes die Stadt gründete. Umgeben von beeindruckenden archäologischen Inkastätten, wie die Festungen von Sacsayhuaman und Ollantaytambo oder auch dem Machu Picchu, der Stadt in den Wolken, sind in ihrer Art einzigartig.

Am späten Nachmittag gingen sie gemeinsam zum Essen. Das Restaurant, das Rodriges ausgewählt hatte lag ganz in der Nähe ihrer Unterkunft. Hier gab es internationale Küche, also für jeden Geschmack das passende. Nachdem Marie in ihrem Reiseführer nachgelesen hatte, das Meerschweinchen hier als Delikatesse galten hatte sie in der spanischen Übersetzung das Wort Meerschweinchen (Cuy) sofort auswendig gelernt, um nicht so ein niedliches Tier unverhofft auf ihrem Teller wiederzufinden. Aber um absolut sicher zu gehen, bestellte sie eine vegetarische Gemüseplatte mit fünf verschiedenen Sorten Kartoffel. Da konnte nichts mehr schief gehen. Zum Trinken gab es dann den einheimischen Pisco – ein Traubenschnaps, der am besten mit Limettensaft, Zuckersirup und Eiswürfel serviert wird. Den hatte Rodriges seinen Freunden wärmstens empfohlen.

Angeregt unterhielten sich die beiden Männer über den spektakulären Fund von Ollantaytambo. Marie lauschte aufmerksam dem Gespräch. Rodriges erklärte gerade, dass er solche Hieroglyphen auf einem

Amulett einer peruanischen Mumie noch nie gesehen hatte. Dieses Amulett wurde bisher nur bei ägyptischen Mumien gefunden. „Um das Alter der Mumie festzustellen, müsste man sie genauer untersuchen und genau hier kommst du mein lieber Freund ins Spiel," dabei sah er Summers schmunzelnd an. „Ich möchte, dass du die Mumie mit nach Luxor nimmst, um sie dort in aller Ruhe zu untersuchen. Übersetze die Hierglyphen und fertige Röntgenbilder an, um eventuell das Alter in Erfahrung zu bringen. Vielleicht kann man die Periode feststellen, aus der sie stammt, um diese wiederum mit den ägyptischen Dynastien und dem Totenkult vergleichen zu können. Vielleicht gibt es Übereinstimmungen." „Am sichersten wäre natürlich eine Radiokarbonbestimmung," murmelte Summers vor sich hin.

Die Radiokarbonmethode, auch C14-Datierung genannt ist ein Verfahren zur Festlegung des Alters bei kohlenstoffhaltigen sowie organischen Materialien. Der zeitliche Anwendungsbereich beläuft sich zwischen 300 und etwa 60.000 Jahren. Diese Datierung wird oft in der archäologischen Altersbestimmung angewandt.

Puh, Marie rauchte der Kopf von all den Informationen, die die beiden Männer aufgeregt austauschten. Hieroglyphen, Maries Gedanken schweiften ab. Sie dachte an die Tätowierung auf Sahibs Arm. Bildwörter, so nannte man diese Schriftzeichen früher. Sie sollen so um ca. 3100 v. Chr. entstanden sein und wurden anfangs eigentlich nur von den königlichen Schreibern oder von hohen Beamten im damaligen Königreich für Aufzeichnungen angewandt. Später benutzte man die Monumentalschrift auch für heilige Inschriften in den Tempeln sowie auf den Obelisken.

„Marie," rief der Professor, „Marie, träumst du denn schon wieder?" „Nein," antwortete Marie schnell, Oh nein, ich war nur mit meinen Gedanken gerade ganz woanders, Verzeihung," und dabei lächelte sie die beiden Professoren verschmitzt an. „Manuel und ich haben uns gefragt, was du wohl von der ganzen Sache hältst?" Marie sah die beiden Männer aufmerksam an und meinte „ich finde es sehr interessant und auch spannend, aber auch mysteriös. Ägyptische Hierglyphen auf einer peruanischen Mumie, das wirft eine Menge Fragen auf, oder was meinen Sie?" Beide Männer nickten zustimmend.

Kurz nach dem Dinner verabschiedeten sich die Freunde voneinander, denn am nächsten Morgen wollten sie in aller Frühe sich auf den Weg nach Ollantaytambo machen. Sie kehrten in ihr Hotel zurück, verabschiedeten sich an der Zimmertür und gingen zu Bett. Marie legte noch für den nächsten Tag ihre „Indy Kleidung" zurecht. So bezeichnete sie ihre Archäologen Kleidung für die Feldforschung, Chinojeans, Top, Hemd, Kurzstiefel und nicht zu vergessen das Cappy, alles leger und bequem. Danach überprüfte sie ihre Tasche, Taschenlampe, Taschenmesser, Feuerzeug, Seil usw. alles in Ordnung. Schnell sprang sie kurz unter der Dusche und legte sich schlafen.

Schweißgebadet erwachte sie mitten in der Nacht. Angstvoll horchte sie in die unheimliche Stille, doch außer einer bedrohlichen Dunkelheit war nichts auszumachen. Irgendetwas hatte sie zu Tode erschreckt und jetzt wusste sie auch, was es war. Es war das Gefühl, nicht atmen zu können. Das Gefühl jemand oder etwas sitzt auf ihrem Brustkorb und drückt ihr die Luft ab. Panik breitete sich in ihr aus und das Atmen fiel ihr immer schwerer. Beruhige dich, befahl sie sich selbst, ganz ruhig, atme langsam und gleichmäßig. Es dauerte nicht lange und ihr Atem wurde wieder ruhiger und gleichmäßiger. Das war wohl die extreme Höhe, in der sie sich befand. Ihr Körper hatte sich noch nicht umgestellt. Die Höhe von Cusco hatte wohl bei Marie die sogenannte Höhenkrankheit hervorgerufen. Das kann noch heiter werden dachte Marie erschöpft und glitt in einem leichten Dämmerschlaf. Am nächsten Morgen ging es ihr etwas besser. Am Frühstücks Buffett traf sie Summers und Rodriges, denen es allem Anschein nach prächtig ging. Marie nahm nur einen Toast und einen Cocatee und setzte sich erschöpft neben Summers.

Professor Rodriges hatte für sie ein Auto bestellt, das die kleine Gruppe am Hotel abholte. Auf der Fahrt nach Ollantaytambo erzählte er ihnen stolz etwas über die Inkakultur.

Die drei Wahrzeichen oder auch Darseinsebenen der Inka waren die Schlange als Ebene für die Unterwelt, der Puma als Ebene für die Gegenwart und der Kondor stand für die himmlische Welt.

Rodriges erzählte mit angenehm melancholischer Stimme von Atahualpa, dem 13. und letzten Herrscher der Inkas, der ein illegitimer Sohn des Herrschers war. Als sein Vater starb wurde das Königreich zwischen ihm und seinem legitimen Bruder aufgeteilt. In einem verheerenden Bürgerkrieg um die Macht besiegte dann Atahualpa seinen Halbbruder und wurde so der letzte Herrscher der Inkas. Marie lauschte aufmerksam der Stimme Rodriges und schaute dabei aus dem Fenster. Am Straßenrand entdeckte sie baufällige Ruinen, einst waren es sicher schöne Häuser, doch heute war von der einstigen Schönheit nicht mehr viel übrig. Von der Fassade blätterte der Putz ab, die Fensterscheiben waren zerbrochen und alles wirkte trostlos und vergessen. Kinder lachten und spielten im Schmutz. Abgemagerte Tiere lagen vegetierend im Staub vor den Hütten. Es ist überall dasselbe, sobald du die Stadt verlässt, kommst du unwillkürlich in die Elendsviertel, in der pure Armut herrscht und die Menschen kaum Perspektiven haben, dem hier jemals zu entkommen. Bedrückt schloss Marie die Augen.

Plötzlich rief Rodriges: „da schau Marie, das dort hinten ist Sacsayhuaman, die alte Inkastadt, mittlerweile ein echter Touristenmagnet." „Sacsayhuaman liegt nicht weit von Cusco entfernt und besteht aus riesigen Steinblöcken, die im Zickzack gemauert sind. Einer Legende nach sollen sich die Inka, als sie die Stadt planten, einen Puma vorgestellt haben. Du erinnerst dich, er galt als Ebene der Gegenwart. Sacsayhuaman selbst ist der Kopf, die Zickzackmauern sollen die Zähne darstellen, Cusco soll der Körper sein und der Tempel von Koricancha der Schwanz. Ein gigantisches Bauwerk, nicht wahr, Marie," und dabei lächelte er Marie freundlich zu.

Gegen Mittag erreichten sie endlich Ollantaytambo, auch eine alte Inkastadt, die sich im südlichen Teil von Peru in einer Höhe von 2792 m am Urubambafluss befindet. Sie heißt bis heute die lebendige Inkastadt. Ihre Einwohner halten bis zur heutigen Zeit an den alten Traditionen fest. Sie ist ein Beispiel dafür, wie die Stadtplanung der Inka funktionierte. Fast alles befindet sich hier noch im Originalzustand. Die Gebäude ebenso wie die engen Gassen. Seit dem 13. Jahrhundert lebten hier ununterbrochen Menschen. Der gigantische Komplex befindet sich auf der bergzugewandten Seite, der besonders durch sein massives Mauerwerk ins Auge sticht und deshalb unter den Einheimischen auch Festung genannt wird, um das Heilige Tal zu schützen. Marie war von der Schönheit der Natur und dem Anblick der Baukunst der Inka sprachlos. Rodriges zeigte mit dem Finger in die Ferne und sprach mit seiner angenehmen Stimme weiter, „das Urubamba Tal, auch Heiliges Tal genannt, ist das landwirtschaftlich bedeutendste Hochtal der Inka. Als Heiliges Tal bezeichnet man die Gegend zwischen den Ortschaften Pisac und Ollantaytambo. Dieses ursprünglich tiefe Tal am Fuße der Schneeberge wurde durch Schwemmmaterial fruchtbar und der Boden ist bis heute ertragreich für den Maisanbau. Hinter Ollantaytambo fließt der Urubamba weiter durch tiefe Schluchten in Richtung Regenwald bis hin zur Ruinenstadt Machu Picchu." Stolz blickte Rodriges auf das Land seiner Väter und lächelte Marie und Professor Summers aufmunternd zu. Mit einem sanften Ruck kam das Auto zu stehen. „Wir sind da, alles aussteigen!", rief Rodriges.

Er führte seine Gäste direkt zu einem provisorisch aufgebauten Zelt am Rande der Terrassen. Unterwegs begrüßte er freudig ein paar Mitarbeiter, bevor er Summers und Marie die gut geschützte Mumie zeigte. Für einen Moment wurde es totenstill, sprachlos standen die beiden vor dem beeindruckenden Fund. Marie starrte auf das Amulett, das die Mumie um den Hals trug. Es war äußerst kunstvoll verziert und von einer einzigartigen Perfektion. Sie konnte ganz genau die drei Wahrzeichen erkennen. Schlange, Puma und Kondor vereint auf einem Amulett. Um das Amulett herum befanden sich Schriftzeichen, Hieroglyphen, klein und schwer zu entziffern. Das ganze Objekt war schlicht und einfach gehalten, nur in den Augen der Tiere funkelten leuchtende Steine. Ob es Juwelen oder Glassteine waren konnte man mit bloßen Augen nicht erkennen. Sie war wie elektrisiert von der einfachen, aber grandiosen Schönheit des Schmuckstückes. Rodriges erzählte unterdessen, dass die Mumie bei Erdrutschen in der letzten Regenperiode zu Tage gefördert wurde. Durch Zufall entdeckte sie ein Tourist, der das einzige richtige tat und sofort die Archäologen verständigte und sie zu dem Fund führte. „Wer weiß, was geschehen wäre, wenn Grabräuber sie zuerst entdeckt hätten."

Marie, die die Umgebung erkunden wollte, sagte kurz den beiden Männern Bescheid, dass sie sich Ollantaytambo ein wenig näher anschauen wollte. Zustimmend nickten die Männer mit der Aufforderung vorsichtig zu sein. Marie nickte, lächelte und lief los. Euphorisch kletterte sie flink und geschwind die steilen Stufen nach oben, um die einzigartige Aussicht über das Tal zu genießen. Doch schon bald bedauerte sie ihre hektische Art Dinge anzugehen, denn der Weg erwies sich als schwierig und gefährlich. Es gab lose Felsbrocken, die zudem auch noch vom vielen Regen rutschig waren. Außerdem bereitete ihr die extreme Höhe Schwierigkeiten. Außer Atem hielt sie nach der Hälfte der Strecke inne, um kurz zu verschnaufen. In diesem Moment bedauerte sie bereits ihr Vorhaben. Die schmalen steilen Steinstufen schienen geradewegs in den Himmel zu führen. Doch Marie war kein Typ, der zwischendurch aufgab und es dauerte nicht mehr lange, da hatte sie die letzte Steinstufe erklommen und wurde mit einem atemberaubenden Ausblick über das gesamte Tal belohnt. Sie lächelte. „Fantastisch" sagte sie laut und erschrak bei ihren eigenen Worten, die hier so laut erklangen. Sie setzte sich auf die oberste Steinstufe und genoss eine märchenhafte Landschaft, bestehend aus Bergen, von denen manche noch eine Schneemütze trugen und sie sah Felder, auf denen stecknadelgroße Bauern ihren Acker pflügten. Und mittendrin schlängelte sich der Urubambafluss durch die malerische Landschaft. Marie schaute sich die Bergmassive an und entdeckte Steinformationen in den Berghängen, die wie geschnitzte Gesichter aussahen.

Sie lächelte und stellte sich vor, was Sahib sagen würde. Wahrscheinlich würde er sie spöttisch anschauen und sagen, dass wohl wieder mal die Fantasie mit ihr durchgeht. Doch, obwohl sie selbst zweifelte, die Gesichter im Stein blieben. Sie wollte später Rodriges fragen, was es mit diesem Phänomen auf sich hat. Sicher gab es eine logische Erklärung. Doch schon hatte etwas anderes Maries Aufmerksamkeit auf sich gezogen. In dem Mauerwerk, direkt neben ihr, erspähte sie seltsame Zeichen oder Buchstaben. Sie musste näher herangehen, um es genau zu sehen. Vorsichtig strich sie mit einem Finger über die Zeichen im Stein. Sie sahen aus wie Hieroglyphen, so wie die, die sie aus Ägypten kannte. Unaufhörlich kreisten ihre Gedanken um die seltsamen Schriftzeichen. Was sie wohl zu bedeuten hatten?

Langsam stieg sie die vielen Stufen wieder hinab. Stützend hielt sie sich mit einer Hand am Mauerwerk fest, denn Marie litt seit frühster Kindheit an Höhenangst. Die Sonne stand schon recht tief und Marie wollte vor der Dunkelheit wieder im Camp sein. Professor Rodriges erwartete sie bereits ungeduldig. „Morgen werden wir in aller Früh zum Machu Picchu aufbrechen. Dort erwartet uns Ernesto, ein guter Freund und Kollege von mir. Schlaf gut, Marie," und mit diesen Worten war er verschwunden und Marie allein. Schlafen, dachte sie, aber wo? Als sie plötzlich Summers sah, der ihr aufgeregt zuwinkte. Er stand vor einer kleinen Hütte, ihr Nachtquartier für heute.

Am nächsten Tag, die Sonne war noch nicht aufgegangen, fuhren sie mit der Schmalspurbahn durch den Regenwald nach Aguas Calientes. Ein kleiner Ort direkt am Fuße des Machu Picchu *gelegen*. Die Fahrt führte vorbei an kargen Felsformationen hinein in den Bergdschungel mit seinen außergewöhnlichen Wasserfällen, grünen Bäumen und exotischen Blumen. Durch mehrere Tunnel, vorbei an verfallenen Inkastätten, die man in der Ferne ausmachen konnte und immer am Urubambafluß entlang. Bis sie dann endlich in Machu Picchu Pueblo, wie Aguas Calientes auch genannt wird, ankamen. Da sich die Inkastadt in einem schwer zugänglichen Gebiet befindet, befördern von hier aus Busse die Touristen die acht Kilometer lange Serpentinstrecke hoch. Die im ewigen Nebel gehüllte „Stadt in den Wolken", liegt auf einer Höhe von 2850 m. Es konnte nie geklärt werden, zu welchem Zweck die in einem bemerkenswerten guten Zustand daliegende Stadt, über das Urubamba Tal gebaut wurde. Gigantische Felsblöcke wurden ohne jegliches Füllmaterial aufeinandergestapelt und erwecken den Eindruck von großer Baukunst. Machu Picchu besteht aus einem oberen und einem unteren Bereich. Ein Netz von in den Stein gehauenen Stufen, sehr hoch und uneben, ohne jegliche Art von Geländer, verbindet die beiden Bereiche. Unzählige Steinterrassen führen durch die historische Stadt.

„Den besten Ausblick über die komplette Anlage erhält man, wenn man vom Parkplatz aus, nach oben zum Wachhaus geht. Ein steiler Steinweg führt zum Ausblick. Aber achtet auf die dünne Luft. Sie ist nicht zu unterschätzen," Professor Rodriges war in seinem Element. „Schaut euch das an. Ist es nicht wundervoll? Einfach gigantisch." Er lächelte stolz und schaute Marie und Summers an und meinte, „ich bin jedes Mal wieder aufs Neue überwältigt." Maries Augen waren weit aufgerissen. Sie war beeindruckt von dem atemberaubenden Ausblick. Ihr fehlten die Worte.

Etwas später machte sich die kleine Gruppe auf den Weg zum astronomischen Observatorium, wo sie Ernesto treffen sollten, der ihnen die Grabbeigaben der Mumie zeigen wollte, die er aus Sicherheitsgründen vom Fundort entfernt und zum Schutz hier oben untergebracht hatte. Es waren einige interessante Objekte. Krüge, Töpfe allesamt wundervoll verziert und kunstvoll bemalt. Es war eine Handwerkskunst, wie Marie sie selten gesehen hatte und überall konnte man die drei Wahrzeichen wiedererkennen. Die Inka waren wahre Meister ihres Faches. Zurück in Aguas Calientes, in ihrem kleinen Hotel, mit Blick auf dem Machu Picchu trafen sie sich am Abend mit Ernesto, um für die hervorstehende Reise alles zu besprechen. Grob gesagt, die Mumie musste reisefertig gemacht werden.

Marie schlief in dieser Nacht schlecht, böse Träume quälten sie. Sie stöhnte laut auf und warf sich in ihren Kissen hin und her. Sie atmete schwer und ihr war kalt. Entsetzt öffnete sie plötzlich die angstvoll geweiteten Augen. Sie dachte an Sahib, er fehlte ihr, Tränen schossen ihr in die Augen, sie sah sein Gesicht, und fiel abermals in einen unruhigen Schlaf. Am nächsten Morgen beim Frühstück hatte sie ihren Traum schon vergessen. Sie war gutgelaunt, wie immer und unterhielt sich angeregt mit Professor Summers über die weiteren Untersuchungen an der Mumie.

Mit der Schmalspurbahn ging es dann ein wenig später zurück nach Cusco. Marie griff in ihre Tasche und holte einen Reiseführer hervor. Sie wollte ein paar Details über Cusco nachlesen. Sie schaute zur Seite, Professor Summers hatte seinen Panamahut tief über die geschlossenen Augen gezogen und schnarchte leise vor sich hin. Marie lächelte und begann aufmerksam zu lesen. Cusco, eine malerische Stadt mit spanischem Flair, war früher einmal die Berghauptstadt der Inkas und hat sich seine Individualität bis heute erhalten. Bei einem Erdbeben im Jahr 1650 wurde ein Großteil der Kolonialbauten zerstört, nur die alten Inkafundamente hielten dem Beben stand. Die Altstadt ist bis heute bemerkenswert gut erhalten und mit vielen Grünflächen ausgestattet. Der Bau der Kathedrale im Zentrum dauerte fast 100 Jahre und wurde auf dem Palast von Viracocha, dem 8. Inka, mit rotem Granit aus Sacsayhuaman errichtet. Marie war beeindruckt. Sie schaute aus dem Fenster. Ihre Gedanken schweiften ab. Bald würde sie wieder in Luxor sein. Ihr Herz pochte, wenn sie an Sahib dachte. Sie schaute zum Professor. Er hatte seine Augen immer noch geschlossen. In Gedanken war er wohl mit der Mumie beschäftigt.

Von Cusco aus ging es direkt nach Lima. Das Flugzeug wartete bereits. Dort hatten Marie und Summers zwei Tage Aufenthalt, bevor die Reise weiterging. Morgen wollten Rodriges und Ernesto sich mit ihnen am archäologischen Museum treffen. Also hatte Marie genügend Zeit sich ein wenig über Lima schlauzumachen. Laut Reiseführer ist Lima eine Stadt der Gegensätze, voller Kultur und Vitalität. Man findet dort Inkaruinen, historische Kirchen und Museen voller Schätze, aber ebenso findet man dort unzählige hupende Autos, die die Stadt wie unter einer Dunstglocke erscheinen lässt. Armut und Reichtum liegen eng beieinander. Das Zentrum ist aufgeteilt in verschiedene Viertel. Barranco ist das Künstlerviertel und Miraflores, das Restaurant- Hotel- und Clubviertel. Ebenso ist es bei den Bewohnern wegen seiner Lage zum Pazifik sehr beliebt. Trotz Wasserverschmutzung zieht es jeden Sommer unzählige Badegäste und Surfer an. Ein beliebtes Ausflugziel ist die Steilküste wegen ihrer Klippenspringer. Zu Fuß erkundete Marie die nähere Umgebung und musste feststellen, dass ein Tag viel zu kurz war, um auch nur einen kleinen Überblick über diese vielseitige Stadt zu bekommen.

Paolo Ernesto erwartete Professor Rodriges mit seinen Gästen am späten Nachmittag am Eingang des archäologischen Museums. Fröhlich und ausgeglichen begrüßte er seine Freunde, als er sie erblickte. Zusammen schlenderten sie langsam durch das Museum. Hier und da hielt er kurz inne und erklärte seinen Besuchern verschiedene Objekte. Als sie den Eingang des alten Treppenhauses erreicht hatten, stiegen sie in einen Fahrstuhl, der sie nach unten in die alten Kellergewölbe brachte. Nachdem sie den Lift verließen, hielten sie sich rechts, und gingen einen langen düsteren Korridor entlang, indem es nur vereinzelte Lampen mit schwacher Beleuchtung gab. Marie schüttelte sich. Es wirkte alles so gespenstisch. Unwillkürlich zog sie ihre Schultern hoch, um gewappnet zu sein, falls unerwartet ein Geist plötzlich aus irgendeiner Ecke hervorsprang. Marie hielt den Kopf gesenkt, um auf alles vorbereitet zu sein.

Endlich blieb Ernesto vor einer auffällig modernen Metalltür stehen, steckte seinen Ausweis rechts in den dafür vorgesehenen Apparat, tippte eine Zahlenkombination ein und mit einem leisen „Klick" öffnete sich die massive Tür, wie von Geisterhand. Nacheinander traten sie ein. Sobald der letzte von ihnen die Schwelle übertreten hatte, schloss sich mit einem leisen „Surren" die Tür hinter ihnen. Sie waren eingesperrt. Marie überkam sofort ein Anflug von Platzangst. Sie hasste enge Räume und sie hasste es, eingesperrt zu sein. Sie begann zu schwitzen und versuchte, mit gezielten Atemübungen dagegen anzukämpfen, wie sie es in ihren Yogakurs gelernt hatte. Doch es gelang ihr nicht. Sie fühlte, wie sie immer nervöser wurde. Ernesto der bemerkte, dass irgendetwas nicht stimmte, legte beruhigend seinen Arm um ihre Schulter und lächelte sie an. „Alles in Ordnung, Marie?" „Ja" antwortete diese leise, „es geht schon", und schaute ihn dabei fahrig an.

Direkt vor ihnen auf eine Art OP-Tisch lag geschützt, unter einer Glaskuppel, die Mumie. Sie wurde gestern direkt vom Fundort hierhergebracht. Paolo erzählte ihnen, dass diese Kuppel der beidseitigen Sicherheit diene. Der Mumie zum Schutz vor Verfall und den Archäologen zum Schutz vor Parasiten. „Man weiß ja nie, was sich in all den Jahren in den alten Mullbinden eingenistet hat und wir wollen ja nicht, dass uns irgendein Fluch ereilt", sagte er, und dabei lächelte er vielsagend in die Runde. Summers und Rodriges nickten zustimmend, wobei

Marie ihn anstarrte und erbleichte. „Das ist ein Scherz, Marie", lachte Summers. „Schau nicht zu entsetzt." Marie trat etwas näher an den Tisch heran, um sich das Amulett am Hals der Mumie anzuschauen. Es faszinierte sie regelrecht. Die Professoren indes begutachteten die Grabbeigaben sehr ausführlich, um eventuelle Anhaltspunkte zu finden, die auf das Alter und der Periode der Mumie schließen lassen. Marie war immer noch wie elektrisiert von dem Schmuckstück. Es war einzigartig verziert mit bunten Edelsteinen und das merkwürdige daran war, dass es eine seltsame Magie ausstrahlte, derer Marie sich nicht entziehen konnte. Es besaß eine gewisse Ähnlichkeit mit einem Anch und doch war es irgendwie…Marie war so in ihre Gedanken versunken, dass sie nicht bemerkte, dass in der Zwischenzeit Paolo Ernesto sich ganz dicht hinter sie gestellt hatte. Marie zuckte erschreckt zusammen. „**Tschuldigung**" flüsterte Paolo, „ich wollte dich nicht erschrecken."

„Ist schon Okay, ich habe wohl mal wieder geträumt," und dabei schaute sie Paolo freundlich lächelnd an. „Es ist wunderschön, nicht wahr?" „Ja," antwortete dieser, „ja du hast vollkommen recht. Es ist wunderschön." Und dann wurde seine Stimme wieder leiser, fast flüsternd. Ganz dicht an Maries

Ohr war sein Gesicht mittlerweile. Marie wollte Abstand gewinnen, doch er hielt sie fest. Flüsternd sprach er weiter, „ich habe das Gefühl, dass es hier nicht sicher ist" und dabei schaute er sich nervös um. „Frag mich nicht, ich weiß es nicht, aber mein Bauch sagt mir, hier stimmt etwas nicht und deshalb möchte ich, dass du, Marie das Amulett an dich nimmst und es beschützt". „Würdest du das für mich tun," und dabei sah er Marie bittend ja fast flehend an. „Warum ich?" fragte Marie ein wenig irritiert. „Weil ich dir vertraue", sagte Paolo. „Aber was ist mit Professor Summers oder Professor Rodriges", entgegnete Marie. Paolo schaute sich zu beiden um. „Sieh doch selbst. Sie sind nicht mehr die Jüngsten, und wenn wirklich jemand hinter dem Amulett her ist, ist es bei dir am sichersten. Du wirst es mit deiner Magie beschützen" und dabei lächelte er vielsagend. Marie schluckte und verspürte einen Hauch von Panik. Blitzschnell hob Paolo die Kuppel ein paar wenige Zentimeter an und griff gezielt mit seiner Hand rasch hinein und holte das Schmuckstück heraus. Rasch reichte er es Marie, die es sich, schnell und gezielt, um ihren Hals hängte und es unter ihrem Hemd versteckte. Sie schauten sich ängstlich an, doch von den anderen schien niemand etwas von dieser Aktion mitbekommen zu haben.

Sie schloss kurz die Augen und atmete tief durch, um sich selbst zu beruhigen.

Professor Summers indes war gerade dabei über sein Lieblingsthema, den „Totenkult im alten Ägypten" zu referieren. Summers Steckenpferd war die Mumifizierung. Professor Rodriges ermutigte seinen Freund. „Nun wie schaut's aus, alter Freund. Kannst du schon etwas zu der Mumie sagen?" „Ja, also, ich weiß nicht so recht," begann Summers. „Die im Wüstensand beigesetzten Toten wurden oft schon durch die klimatischen Bedingungen auf natürliche Weise mumifiziert. Jedoch gab es auch angewandte Konservierungsmethoden, die immer wieder verbessert und nur von speziell ausgebildeten Priestern durchgeführt wurden." Summers räusperte sich kurz, bevor er mit fester Stimme weitersprach. „Zunächst entnahm man die Organe, anschließend wurden Körper und Organe gereinigt, bevor die mit Natronsalz getrocknet wurden. Später legte man die gesäuberten Organe in Leinenbinden, um die Vollständigkeit des Körpers im Totenreich zu garantieren. Dafür legte man sie in spezielle Gefäße, die als Kanopen bezeichnet wurden. Der Körper des Verstorbenen wurde mit duftigen Harzen und Ölen einbalsamiert. Die Hohlräume im Körper füllte man mit verschiedenen Substanzen auf. Zum Schluss bekam der Verstorbene verschiedene Amulette mit auf den Weg ins Totenreich. Anschließend setzte man ihm noch die Totenmaske auf den Kopf und fertig war die Bestattung", dabei wedelte der Professor melodramatisch mit den Händen durch die Luft. „Der gesamte Prozess der Mumifizierung dauerte ungefähr 70 Tage." Summers hielt inne und schaute schmunzelnd in die Runde. „Na, was meint ihr dazu?" „Interessant," war die einstimmige Antwort seiner Zuhörer.

Die Vorbereitungen für den Transport der Mumie waren abgeschlossen. Professor Summers und Marie verabschiedeten sich von ihren Freunden. Morgen wollten sie sich auf den Heimweg machen. Paolo zwinkerte Marie leicht zu. Was diese spontan dazu veranlasste unbewusst, nach dem Amulett zu greifen, das sie gut versteckt um ihren Hals trug. Sie lächelte Paolo zu. Professor Rodriges wollte noch ein paar Tage bleiben und mit einem späteren Flug nachkommen.

Kapitel 10

Das Flugzeug von Summers und Marie, war eine kleine Propellermaschine, die das Museum bereitgestellt hatte, um die kostbare Fracht für weitere Untersuchungen nach Luxor zu bringen. Sie war sicher genauso alt wie die Mumie, dachte Marie mit einem mulmigen Gefühl beim Anblick dieser Maschine. Sie machte einen verwahrlosten Eindruck, nein wirklich, weder die Maschine noch die bereitgestellten Piloten gefielen Marie. Die Männer waren ihr suspekt, denn sie erinnerten Marie eher an Drogenschmuggler als an seriöse Piloten. Es würde mich nicht wundern, dachte Marie, wenn sie für irgendein Drogenkartell arbeiten. Aber trotz allen Bedenken gab es kein Zurück mehr. Die Maschine startete gegen Mittag. Sie lehnte sich leicht im Sitz zurück, doch ihre Anspannung konnte man in ihrem Gesicht sehen. Sie schloss ihre Augen und freute sich, bald wieder daheim in Luxor zu sein.

Marie und Summers waren noch nicht lange unterwegs, als der Pilot vom Tower, wegen einer heranziehenden Sturmfront, die direkt auf sie zuraste, gewarnt wurde. Marie wurde blass, ihr war übel, doch der Copilot sah sie mit einem dreckigen Lächeln und einer dicken Zigarre im Mundwinkel an. „Keine Sorge Miss, das passiert hier öfter. Das ist kein

Problem, das Machen wir mit links," und dabei schaute er zum Piloten, der zustimmend nickte. „Wir werden jetzt an Höhe gewinnen und über den Sturm hinweg fliegen. Sie werden gar nichts bemerken," mit diesen Worten drehte er sich wieder zu seinen Instrumenten um, die in kurzen Abständen verdächtig unterschiedlich flackernder Farben zeigten. Marie war sich da nicht so sicher, dass das auch funktionieren würde, doch sie sagte nichts. Ihre Hände um krampften die Armlehnen ihres schmutzigen Sitzes. Der Copilot schaute abermals in Maries Richtung, lächelte schmierig und meinte. „Keine Bange, das kriegen wir schon hin." Marie lächelte verkrampft, nickte nervös und dachte, ich habe ein ganz mieses Gefühl. Plötzlich wurde die kleine Maschine von heftigen Sturmböen erfasst und wie ein kleines Spielflugzeug von rechts nach links geschleudert. Die Lichter im Armaturenbrett fingen an, verrückt zu spielen. Sie leuchteten immer wieder mal auf und erloschen dann wieder. Der Motor stotterte. Das Spektakel wiederholte sich mehrmals. Das ist das Ende, dachte Marie und Tränen traten in ihre Augen. Ihr wurde übel. Ruckartig, ein mehrmaliges kurzes Stottern der Motoren und mit einem Mal war es totenstill. Der Motor fiel komplett aus und alle Versuche der Piloten, ihn neu zu starten scheiterten. Der Professor kauerte zusammengesunken in seinem Sitz und murmelte unverständliche Wörter. Marie hatte Panik, bemühte sich aber nicht ohnmächtig zu werden und schrie die Piloten an. „Tun sie doch etwas", doch diese antworteten ihr nicht mehr. Mit einem ohrenbetäubenden Knall schoss die Maschine abrupt in die Tiefe, immer und immer schneller. Bevor Marie jedoch vollends das Bewusstsein verlor, sah sie noch das alle Begleiter bewusstlos in ihren Gurten hingen. Dann wurde es dunkel um sie herum. Diese schlagartig einsetzende und beängstigende Stille konnte Maries Gehirn nicht verarbeiten. Erschöpft schloss sie die Augen und fiel in eine tiefe Ohnmacht. Irgendwann erwachte sie, konnte aber nicht einschätzen, wie lange sie bewusstlos war. Ihr fehlte jegliches Zeitgefühl. Waren es nur Minuten oder gar Stunden. Sie wusste es nicht. Ängstlich, mit laut klopfenden Herzen, öffnete sie langsam die Augen, doch ihre Lider waren bleischwer. Sie musste sich förmlich mit aller Kraft zwingen die Augen offen zu halten. Das Einzige, was sie um sich herum wahrnehmen konnte, war diese angsterfüllende Stille und die totale Finsternis. War sie etwa blind oder war es bereits Nacht geworden? Benommen hielt sie den Atem an und lauschte in die Dunkelheit, doch außer ihrem eigenen Stöhnen konnte sie nichts hören. Jeder einzelne Knochen in ihrem Körper schmerzte entsetzlich. Vorsichtig versuchte sie sich auf die Seite zu drehen und lauschte abermals, ob sie irgendwelche Geräusche ausmachen konnte. Doch auch jetzt war nichts zu hören. Mit schmerzverzehrtem Gesicht richtete sie ihren Oberkörper ein wenig auf und rief mit leiser krächzender Stimme: „Professor Summers, wo sind sie. Können sie mich hören, dann geben sie mir bitte ein Zeichen." Angstvoll wartete Marie mit angehaltenem Atem, ob sie den Professor hören konnte. Nur ein winziges Zeichen erhoffte sie. Lebte er noch? Mit vor Schmerzen zusammen gepressten Zähnen ließ sie sich vorsichtig nach hinten gleiten. Ihr wurde schwarz vor den Augen und mit einem leisen Stöhnen fiel sie erneut in eine Art Dämmerschlaf. Als Marie das nächste Mal ihre Augen öffnete schaute sie in grelles Sonnenlicht. Instinktiv kniff sie die Augen zu kleinen Schlitzen zusammen, denn das Licht schmerzte. Vorsichtig versuchte sie einzelne Körperteile zu bewegen und siehe da, zu ihrer eigenen Überraschung musste sie feststellen, dass ihre Schmerzen fast vollständig verschwunden waren. Trotz allen Elends musste sie kurz lächeln. Alles schien fast wieder verheilt zu sein. Das ist wohl das Privileg eines Halbvampirs, dachte sie sarkastisch. Abermals schloss sie ihre Augen und versuchte zwecks Telepathie mit Sahib Kontakt aufzunehmen. Leider war sie in dieser Art der Kommunikation noch nicht sehr geübt. Abrupt hielt sie inne und lauschte. Ihr war, als ob sie etwas gehört hatte. Da, ein leises Stöhnen. Sie horchte auf. Es kam ganz aus ihrer Nähe. Vorsichtig kroch sie zur Tür und horchte abermals und dann sah sie ihn. Eine zusammengekrümmte Gestalt lag unweit vor ihr auf den Boden. Doch sie konnte nicht erkennen, wer es war. War es der Professor? Flüsternd, mit einem flehenden Blick in Richtung Himmel, bat sie, lass es Summers sein, bitte. Langsam kroch sie auf die Gestalt zu und zum Glück, es war Summers. Vor lauter Erleichterung liefen Tränen über ihr Gesicht. Marie fiel ein Stein vom Herzen. Er war wohl beim Absturz samt Sitz aus dem Wrack geschleudert worden und schien schwer verletzt zu sein. Er wimmerte vor Schmerzen. Mit ihrer schmutzigen Hand wischte sich Marie ihre Tränen aus dem Gesicht. Was zu Folge hatte, dass sie äußerst verschmutzt aussah. „Marie, Gott sei Dank," flüsterte er leise mit zittriger Stimme, als er sie sah, du lebst." „Ja," antwortete Marie. „Mir geht es einigermaßen gut, aber was ist mit ihnen?" Der Professor räusperte sich. Man merkte ihm deutlich an, dass ihm das Sprechen schwerfiel. Er flüsterte mit leiser Stimme. „Ich weiß es nicht genau. Schmerzen habe ich überall, aber ich glaube mein Bein ist gebrochen." „Ohje," entfuhr es Marie, das blanke Entsetzten stand ihr ins Gesicht geschrieben. „Das muss sofort geschient werden, bevor wir uns einen Weg zurück in die Zivilisation suchen," sagte sie laut mit zuversichtlicher Stimme. Insgeheim hoffte sie inständig, dass er keine inneren Verletzungen bei dem Sturz davongetragen hatte. Das wäre hier bei diesen Verhältnissen im Dschungel sein sicherer Tod. Marie ließ sich jedoch in Gegenwart vom Professor keine Angst oder Furcht anmerken. Voller Zuversicht schaute sie Summers lächelnd an und baute ihn seelisch wieder auf. Ihr Optimismus war so ansteckend, dass selbst der Professor nach kurzer Zeit wieder Hoffnung schöpfte. Zuerst musste Marie nun das Bein von Summers versorgen. Aus dem Unterholz holte sie etwas stabilere Zweige, um es zu schienen. Kabel aus dem Flugzeug wollte sie zum Befestigen nehmen. Vorsichtig trennte sie das Hosenbein mit einem Messer auf, um an den Bruch zu gelangen. Als sie den herausstehenden blutigen Knochen sah wurde ihr übel. Krampfhaft schluckte sie die aufsteigende Übelkeit herunter. Ihre Hände zitterten. Sie legte die Zweige rechts und links von dem Bein und umwickelte vorsichtig alles mit Mullbinde, aus dem Medizinkoffer, dann nahm sie vorsichtig die Kabel und schiente notdürftig das gebrochene Bein. Sie hoffte nur inständig, dass es funktionierte.

Gemeinsam überlegten die beiden, wo sie sich wohl im Augenblick befanden. Irgendwo im Dschungel zwischen Peru und Kolumbien, soviel war klar. „Vielleicht wäre es sinnvoll, nach Norden zu gehen, Richtung Kolumbien oder vielleicht doch besser zurück nach Lima," überlegte Marie." „Oder wir bleiben einfach hier und warten auf den Rettungstrupp," warf der Professor ein. Die beiden waren unschlüssig was ihre Pläne betrafen. Deshalb beschloss Marie als erstes sich das Wrack näher anzusehen, um brauchbare Dinge zusammen zu suchen. Eine Karte von der Gegend wäre nicht schlecht. Marie stockte. Ihr wurde kalt und heiß. Mein Gott, was war mit den Piloten und der Mumie? Die hatte sie in der Aufregung vollkommen vergessen. Instinktiv fasste sie sich an ihren Hals. Zum Glück war Amulett noch da. Erleichtert atmete sie auf, und mit einem sarkastischen Grinsen im Gesicht dachte sie, morgen wird in der Zeitung zu lesen stehen, Absturz in den Anden – der Fluch der Mumie – hat wieder zugeschlagen.

Vom Flugzeug war nicht mehr viel übrig. Es war fast vollkommen zerschellt. Noch angeschnallt auf ihren Sitzen entdeckte Marie die leblosen Körper der Piloten. Anhand der unnormalen Körperhaltung konnte Marie mit Sicherheit sagen, dass die beiden an einem Genickbruch gestorben waren. Ihre Körper hingen schlaff in den noch geschlossenen Gurten. Marie drehte sich angewidert ab und schaute sich nach nützlichen Dingen um, die sie für ihre Wanderung durch den Dschungel eventuell gebrauchen konnten. Das Funkgerät war hin. Es war aus der Verankerung gerissen, mehrere Kabel hingen lose herab und es qualmte und zischte bedrohlich. Totalschaden bemerkte Marie ironisch. Abrupt blieb sie wie erstarrt stehen. Verflixt, die Mumie, wo war nur die Mumie? Vorsichtig kroch Marie weiter in das Wrack hinein, vorbei an zerstörten Materialkisten bis hin zum Frachtraum. Sie musste allerlei Gerümpel zur Seite räumen, bis sie endlich die Tür des Frachtraumes erreicht hatte. Behutsam und mit einem sanften Ruck öffnete sie die Tür, die sich durch den Aufprall leicht verzogen hatte. Auch hier musste sie sich zuerst den Weg freiräumen, um überhaupt einen Überblick zu bekommen. Endlich, nachdem sie Fallschirme und andere Dinge entfernt hatte, sah sie den Sarkophag. Er stand gesichert durch mehrere Taue ganz hinten in einer Ecke. Er sah unbeschädigt aus. Doch wie sollte sie den schweren Sarg allein aus dem Wrack bekommen? Marie verzweifelte langsam. Die ganze Sache wuchs ihr allmählich über den Kopf. Resigniert setzte sie sich auf den Boden, stützte ihre Arme auf und versteckte ihr Gesicht in den Händen. Leise schluchzte sie auf. Tränen der Erschöpfung liefen ihr über das Gesicht. Sie war mit ihren Nerven am Ende, als sie von draußen den Professor rufen hörte. Rasch wischte sie ihre Tränen ab und lief geschwind zu ihm hinüber. Außer Atem, rief sie noch im Laufen, „alles in Ordnung?" „Ja doch, aber du warst so lange fort. Ich dachte schon dir sei etwas passiert", antwortete der Professor mit gebrochener Stimme. „Nein es ist alles gut, machen sie sich keine Sorgen. Das schaffen wir schon, entgegnete Marie. „Was ist mit den beiden Piloten, können sie uns helfen," wollte Summers wissen. „Nein davon gehe ich nicht aus, sagte Marie traurig. „Sie sind tot. Sie haben den Absturz nicht überlebt." „Und was nun?" fragte Summers und schaute dabei Marie erwartungsvoll an. Marie, die ihre Fassung langsam wieder gewonnen hatte sagte zum Professor, „das ist ganz einfach. Ich werde eine Trage bauen. Material dafür gibt es hier genug. Das Holz hole ich aus dem Wald und die Fallschirme dienen als Liegefläche, voila." Und dabei fuchtelte sie mit ihren Armen durch die Luft. Danach sprach sie weiter, „werde ich die Mumie aus den Trümmern holen und verstecken. Das passende Versteck habe ich vorhin schon gefunden. Danach hole ich sie, lege sie vorsichtig auf die Trage und langsam machen wir uns auf den Weg Richtung Norden. Ich habe beschlossen, wir gehen nach Kolumbien. Sie werden sehen Professor, das Schaffen wir." Marie sprach sich selbst Mut zu und Summers war zu erschöpft, um einen Einwand zu erheben oder gar zu widersprechen.

Zuerst suchte Marie passende Zweige für die Trage. Ein Seil, um sie zusammenzubinden hatte sie bereits aus dem Wrack mitgenommen. Es dauerte nicht lange und Marie hatte genügend Holz zusammen und ging damit zu Summers. Jetzt benötigte sie noch die Fallschirme. Mehrere Ratschen- bänder, die zur Notfallausrüstung gehörten, befestigte sie an dem Holz. Zur Stabilität um klebte sie die Bänder mit Isolierband, das sie ebenfalls immer bei sich trug. Jetzt konnte sie nur hoffen, dass die Trage das Gewicht eines ausgewachsenen Menschen tragen kann. Um auf Nummer sicher zu gehen, wollte sie zuerst die Mumie transportieren. Vorsichtig legte sie die Trage an der Außenseite des Flugzeuges ab und befestigte sie mit etwas Isolierband an der Außenwand, damit sie nicht abrutschte. Danach kletterte sie in die Maschine und zog die Mumie samt Sarkophag bis zur Trage. Sie entfernte die Mumie sorgsam aus dem Sarg, da sie durch viele Schaumstofftücher weitgehend geschützt war. Es kostete eine Menge Zeit, da Marie die schwere Arbeit allein bewerkstelligen musste. Verschwitzt und völlig außer Atem hatte Marie die Mumie nach gefühlten mehreren Stunden in die richtige Position gebracht. Von außen zog Marie vorsichtig an dem Relikt, um es nicht zu beschädigen. Jetzt nur noch die Klebestreifen entfernen und dann behutsam die Bahre in Richtung Dschungel zu ziehen. Was viel schwieriger und anstrengender war, als sie es sich vorgestellt hatte. Sie musste für ihr Vorhaben eine Menge Kraft aufwenden. Stück für Stück transportierte sie die Mumie immer tiefer in den Regenwald, bis zu einer tiefen Bodensenke, die sie zufällig beim Holzsammeln entdeckt hatte. Dort versteckte Marie die Mumie unter einem Berg von Blättern und Ästen. In der Hoffnung, dass sie dort niemand finden würde. Als ihr das endlich gelungen war schleppte sie sich zurück zur Maschine, um die zusammengesuchten Dinge für ihre Tour, die vielleicht nützlich zum Überleben waren, zu holen. Der Medikamentenkoffer wäre nicht schlecht, dachte Marie. Nachdem sie alles erledigt hatte, ging sie mit vor Schmerzen zusammengepressten Lippen wieder zu Summers. Der Professor lag zusammengekauert in der Nähe des Feuers, das Marie vor ihrem Weggehen angezündet hatte, um eventuell wilde Tiere fernzuhalten. Sie öffnete eine Konservendose, die sie im Wrack gefunden hatte und erhitzte sie am Feuer. Langsam und bedächtig aßen der Professor und Marie ihre Portion. Niemand sprach ein Wort. Jeder hing seinen eigenen Gedanken nach. Es war sehr still. Nach dem Essen bat Marie Summers, er möge sich ein wenig ausruhen und viel schlafen, denn morgen in aller Frühe würden sie aufbrechen. Es wartete ein anstrengender und gefährlicher Marsch durch den Dschungel auf die beiden. Marie machte sich zusätzlich noch Sorgen wegen der Verletzungen des Professors. Vielleicht hatte er innere Blutungen, die sich durch den Marsch im unebenen Gelände noch verschlimmern könnten. Aber es gab keine Alternative für sie. Hierbleiben konnten sie auch nicht. Da der Pilot durch das Unwetter andere Koordinaten gesetzt hatte wusste sie nicht, wie weit sie von ihrer normalen Route abgekommen waren. Doch eins wusste sie gewiss, hier würde sie mit Sicherheit niemand suchen.

Schon sehr früh am nächsten Tag weckte Marie Summers. Mit seiner Hilfe bugsierte sie den doch recht schweren Mann auf die Trage. „Marie, flüsterte er, lass mich hier. Ich bin viel zu schwer für dich, nur eine Last." „Das kommt überhaupt nicht in Frage. Ich schaffe das!" Zum Schutz ihrer Hände umwickelte Marie diese vorsorglich mit Mullbinden. Dann umklammerte Marie fest die Griffe, warf noch einen allerletzten Blick zurück und los ging es, mitten hinein in den dichten, fast undurchdringlichen Regenwald, in dem viele Gefahren lauerten. Es war gut, dass der Professor in diesem Augenblick nicht Maries Gesicht sehen konnte. Sie schaute verzweifelt und ängstlich, denn insgeheim wusste sie nicht, was die beiden erwartete.

Schon nach kurzer Zeit hatte Marie das Gefühl, sie seien schon tagelang unterwegs. Jegliches Zeitgefühl war verschwunden. Bei den tropischen Temperaturen und der hohen Luftfeuchtigkeit schwitzte sie, ihre Hände waren blutig und ihr Rücken schmerzte vom Ziehen der Trage auf dem unebenen Waldboden. Es war viel schwerer, als sie sich es vorgestellt hatte. Wehmütig ging ihr Blick nach oben, doch durch das dichte Blätterdach der nie endeten Bäume konnte sie nicht erkennen, nicht einmal erahnen, welche Tageszeit es war. Die Sonne, falls sie da war, versteckte sich in den gigantisch hohen Baumkronen. Erschöpft wie sie war, entschloss sie sich, eine kurze Pause einzulegen. Vorsichtig streifte sie die Manschetten der Trage über ihre geschundenen Hände. Es tat höllisch weh. Mit einem Seufzer ließ sie alles auf den harten Boden gleiten und schaute zu dem Professor, der seine Augen geschlossen hatte. Wie bleich er aussah, dachte Marie und kroch hinüber, um seinen Puls zu fühlen. Zum Glück, er lebt erleichtert atmete Marie auf. Für einen Augenblick hatte sie die Angst beschlichen, dass er vielleicht…. Ach was! Sie wollte diesen Gedanken erst gar nicht zu Ende denken. Nein, sie würden das schaffen. Das war sie sich absolut sicher. Vorsichtig berührte sie Summers an der Schulter. „Sind sie wach, Professor. Wir machen hier eine kleine Rast." Summers öffnete schwerfällig die Augen und sah sie mit überraschend klarem und wachem Blick an. „Ja Marie ist gut." Marie erkundigte sich vorsichtig nach seinem Befinden. „Ich denke mir geht es den Umständen entsprechend, dank deiner guten Pflege, recht gut" und dabei lächelte er ihr verhalten zu. Ehrfürchtig bewunderte er die Umgebung. „Welch faszinierende Kulisse. Wunderschön und einzigartig flüsterte er überwältigt." „Ich kann mich kaum sattsehen. „Komm Marie und schau dir dies außergewöhnliche Terrain an!" Marie war viel zu erschöpft, als das, sie der Regenwald interessierte. Und doch hockte sie sich im Schneidersitz neben Summers und schaute in die grüne Hölle, wie der Dschungel auch genannt wurde. Und genau so kam er Marie in diesem Moment auch vor. Sie hatte kein Auge für die Schönheiten der Natur. Doch Summers war vor Euphorie außer sich. „Schau, Marie! Hier im tropischen Regenwald scheint täglich 12 Stunden die Sonne. Wobei es jeden Nachmittag eine Zeitlang kräftig regnet, deswegen ist die Luftfeuchtigkeit hier auch auffällig hoch." Marie lächelte den Professor an und dachte, toll auch noch Regen. Wo war die Sonne? Summers war in seinem Element und Marie genervt. Mit einem Mal hörte sich seine Stimme nicht mehr so fest, sondern eher schmerzverzerrt an. Er holte tief Luft und flüsterte „Charakteristisch für den immergrünen Regenwald ist der sogenannte Stockwerkbau, der sich vom Wurzelwerk bis hinauf in das dichte Hauptkronendach in einer Höhe von ca. 40 Metern erstreckt. Vereinzelte Baumriesen können sogar bis zu 60 Metern über das Kronendach hinausragen. In der sogenannten Kronenregion ist der Lebensraum der niedrigeren Bäume. Ihr dichtes Blätterdach schirmt das Sonnenlicht der tieferen Stockwerke ab. Einfach genial. „Marie, hast du etwas zu trinken für mich. Mir ist so warm und ich habe Durst," hauchte Summers und jegliche Energie schien aus seinem Körper gewichen zu sein. „Natürlich," rief Marie. Einen kleinen Augenblick bitte, ich hole sofort Wasser." Zielsicher griff sie in ihrem Rucksack und kramte eine Wasserflasche hervor. Dieses reichte sie dem Professor. Summers trank vorsichtig in winzigen Schlucken und sehr bedächtig, denn durch seine vielen Expeditionen wusste er nur allzu gut, das Wasser das kostbarste Gut war, was sie im Moment besaßen. Nach dem Trinken sank er erschöpft zurück und schloss die Augen. Doch nicht lange, und seine Kraft schien zurück gekehrt zu sein. Mit fester Stimme sprach er leise weiter. Marie, die leicht eingenickt war, verdreht die Augen. Sie wollte keine Botanik Stunde mehr. Sie war müde und jeder Knochen in ihrem Körper schien zu schmerzen. „Wusstest du, dass durch die weitläufige Verteilung der einzelnen Baumarten, die größte Artenvielfalt der Erde entstand, Marie?" „Das ist doch erstaunlich, oder?" Marie nickte schwerfällig. „Ja, und da das dichte Blätterdach nur wenig Licht bis zum Boden durchlässt haben sich quasi verschiedene Ebenen entwickelt. So zum Beispiel die Bodenschicht, die aus dem Wurzelwerk jede einzelne Pflanze besteht. Auf den nächsten Ebenen findet man die sogenannte Krautschicht, zu der auch die Bodendecker zählen. Die sogenannte Strauchschicht, beziehen sich auf die niedrigeren Bäume, die sich bis zu einer Höhe von 5 Metern erstrecken. Danach kommt dann die Kronenschicht mit ihrem Hauptkronendach. Lianen und Epiphyten, auch Aufsetzerpflanzen genannt ergänzen das Erscheinungsbild der Vegetation im Regenwald." Erschöpft hielt der Professor inne. Marie fand, dass zwar alles ganz interessant war, aber ihre Gedanken kreisten eher um den Heimweg aus dieser ausweglosen Situation.

Summers trank einen kleinen Schluck Wasser und sprach leise weiter. Marie war nahe einem Wutausbruch, doch irgendwie tat er ihr auch leid und so sagte sie nichts. „Wusstest du eigentlich Marie, dass viele Farne und Blumen hier auf den Bäumen wachsen und dass es wegen des Lichtmangels viele verschiedene wunderschöne und noch unentdeckte Orchideen gibt?" Marie lächelte, „nein, das wusste ich nicht." „Jenseits von 2000 Metern Höhe nennt man den Regenwald auch Nebelwald." „Wieso Nebelwald?" warf Marie plötzlich, neugierig geworden ein. Summers schmunzelte und doch sah man ihm seine Schmerzen deutlich an. „Deshalb, weil er fast immer in den Tropen vorkommt und durch die feuchte Luft oft in Wolken eingehüllt ist." „Unverkennbar für Nebelwälder sind viele Mose, Orchideen und Bromelien. Der Amazonas, der sich wie ein Reptil durch den Dschungel schlängelt, ist nach dem Nil, der zweitlängste Fluss." Marie schüttelte langsam den Kopf. „Nein, Professor, vieles von den Dingen, die sie gerade erzählt haben, waren mir nicht bekannt." Und für einen kurzen Moment hatte Marie völlig vergessen, in welcher Gefahr sie schwebten. „Lass mir ein bisschen Zeit, um mich auszuruhen und ich bringe dir die Schönheiten der Natur näher. Du wirst sehen." Langsam erstarb seine

Stimme, und mit dem letzten Wort fiel er in einen unruhigen Schlaf.

Nachdem Marie sich davon überzeugt hatte, dass der Professor bequem lag, deckte sie ihn zu und entfachte mit wenigen Handgriffen ein Feuer. Später, wenn Summers wieder wach war, wollte sie die nächste Konservendose öffnen, damit sie bei Kräften blieben. Sie schaute ernst in Summers Richtung und seufzte. Viele Dosen hatten sie nicht mehr, aber da der Professor sich ja anscheinend gut im Dschungel auszukennen schien, dürfte es nicht schwer sein, etwas Essbares und sauberes Wasser zu finden.

Auch Marie war müde und schloss die Augen. Nur für einen kurzen Augenblick, dachte sie, und noch ehe sie den Gedanken zu Ende gedacht hatte, fiel sie in einen konfusen Schlaf mit wirren Träumen. Nass geschwitzt, mit keuchendem Atem, öffnete sie erschreckt die Augen. Die kurze Phase der Dämmerung schien bereits eingesetzt zu haben. Wie spät mochte es sein? Wie lange mochte sie geschlafen haben? Zum Glück glimmt das Feuer noch. Schnell warf sie ein Stück Holz nach. Sie hatte nicht die geringste Ahnung, wie spät es war, denn ihre Uhr war beim Absturz kaputt gegangen. „Professor, hallo, sind sie wach?" Keine Antwort! Was hatte das zu bedeuten? Langsam kroch sie zur Trage, um seinen

Puls zu fühlen. Erleichtert stellte sie fest, dass er zwar schwach, aber doch regelmäßig schlug. Langsam beschlich Marie das Gefühl, sie würde bald durchdrehen. Diese ständige Angst machte sie fertig. Ihr Adrenalinspiegel war stets am Anschlag. Sie musste ruhiger werden.

Träge öffnete der Professor langsam die Augen und sah Marie beruhigend an. „Keine Angst mein Kind, Unkraut vergeht nicht. Ich werde schon wieder." Marie atmete erleichtert auf, und instinktiv umarmte sie ihn herzlich. „Das will ich auch hoffen", doch ihre Stimme versagte ihr den Dienst und heraus kam nur noch ein Krächzen. Summers bat Marie, ihm beim Aufsetzten zu helfen, um von der Suppe, die Marie bereits erwärmt hatte zu kosten. Schweigend aßen sie. Jeder hing seinen eigenen Gedanken nach. Summers beobachtete Marie. Sie war sehr blass und wirkte abwesend. Um sie ein wenig auf andere Gedanken zu bringen, meinte er: „Na wie schaut's aus? Möchtest du noch ein wenig mehr über den Regenwald erfahren?" „Ja gerne," antwortete Marie, die im Moment für jede Ablenkung dankbar war. „Vor allen Dingen interessieren mich die Tiere, die giftigen und ungiftigen, die hier leben und die uns vielleicht heute Nacht besuchen kommen. Ob sie gefährlich sind oder nicht?" Der Professor lachte zum ersten

Mal seit Tagen herzhaft auf. Wobei er sich schmerzhaft den Bauch hielt. "Aber Marie, alles kann, muss aber nicht zwangsläufig gefährlich sein!" „Denke mal an die vielen Insekten, die die Natur braucht." Brrr, Marie schüttelte sich. „Ekelhaft, ich brauche sie nicht. Die beißwütigen Moskitos, die behaarten Spinnen, die Tausendfüßler und Käfer." Marie schüttelte sich erneut und schaute auf ihre Gänsehaut auf ihrem Arm. „Und natürlich gibt es auch verschiedene Arten von Ameisen, einige sind giftig, andere eher lästig, aber vollkommen harmlos. Meistens sind immer die kleinen, die am unscheinbarsten, die giftigsten und gefährlichsten Tiere. Ein gutes Beispiel hierfür sind die farbenprächtigen, ca. 5 cm großen Baumsteigerfrösche, auch Pfeilgiftfrösche genannt. Sie verbringen fast ihr ganzes Leben in den Baumkronen. Der Froschlaich entwickelt sich in den Pfützen der Bromelienblätter. Der Name Pfeilgiftfrosch ist irreführend, da es ungefähr ein Dutzend verschiedene Arten gibt. Nur drei von ihnen werden von den indigenen Völkern für das Gift ihrer Pfeile **ver**wendet. Einige Stoffe, die von diesen Fröschen durch die Hautdrüsen ausgeschieden werden, sind tödliche Nervengifte. Die Frösche an sich sind nicht giftig. Sie werden es erst durch die giftigen Insekten, die sie zu sich nehmen. Merke dir das, Marie. Bei den Spinnen verhält es sich genau so, je kleiner, umso gefährlicher." Marie empfand Ekel bei dieser Schilderung. Sie hasste Ungeziefer. „Bitte keine weiteren Horrorgeschichten," bat sie den Professor. „Sonst kann ich heute Nacht überhaupt nicht einschlafen." Und dabei schaute sie Summers flehend an." Dieser zuckte nur verständnislos mit den Achseln. „Ach weißt du, Marie, es gibt noch sehr viele andere Geschöpfe hier im Wald. Einige siehst du nur bei Tage, andere wiederum nur in der Nacht. Nehmen wir mal die Vampir-Fledermaus. Ein äußerst blutrünstiges Tier. Sie geht nachts auf die Jagd. Pirscht sich an ihr Opfer, beißt es und trinkt sein Blut. Oder etwa der handtellergroße Schmetterling, der wunderschön anzusehen ist. Du siehst die Gefahr und die Schönheit vereint zusammen in einem Wald. Und so geht es weiter. Es gibt noch eine Vielzahl von auffälligen bunten Vögeln, wie Aras, Paradiesvögel und Kolibris. Ebenso findet man hier auch den Jaguar und sogar vereinzelt den Brillenbär. Verschiedene Affenarten verstecken sich im Blattwerk und schimpfen aus einer Höhe von 30 Metern. Die Fauna und Flora bestehen aus einer unzähligen Vielfalt." Summers Stimme wurde wieder schwächer, bevor sie gänzlich verstummte.

Nachdem sich Marie und der Professor tagelang durch den Dschungel gekämpft hatten, nahmen sie deren Schönheit nicht mehr wahr. Zu erschöpft und verzweifelt waren sie. Mittlerweile ging es um Leben und Tod. Das Essen wurde knapp, aber was noch viel schlimmer war, auch das Wasser neigte sich dem Ende zu. Marie verlor langsam ihren Optimismus und den Glauben daran, das irgendwer sie aus dieser grünen Hölle retten würde. Sie musste unbedingt Wasser finden. Wo waren nur die vielen Flüsse, von denen der Professor sprach. Zu allem Übel hatte Summers vor zwei Tagen plötzlich hohes Fieber bekommen. Außer fiebersenkende Schmerzmittel, die sie aus dem Wrack mitgenommen hatte, konnte sie ihm nichts geben, denn zusätzlich war sein Bauch unnatürlich aufgebläht, so dass sie Angst hatte, er könnte innere Blutungen haben. Und vor ein paar Stunden war er völlig unerwartet ins Koma gefallen. Sein Puls kaum fühlbar. Marie fühlte sich mehr und mehr mit der Situation überfordert. Ihr fiel kein Ausweg mehr ein. Sie war so entsetzlich müde und wollte nur noch schlafen. Alles um sich herum vergessen, nur schlafen.

Irgendwann öffnete Marie langsam ihre Augen, doch sie konnte sie nicht aufhalten. Ihre Lider waren so schwer, dass sie immer wieder zufielen. Nach und nach blinzelte sie, doch was sie sah, konnte sie nicht glauben, hielt es für eine Halluzination, doch trotz allem weckt es ihre Neugierde. Sie öffnete abermals die Augen, nur einen kleinen Spalt weit. Vor ihr stand oder besser gesagt bückte sich ein halbnackter Mann mit einem bunten Kopfschmuck aus Federn zu ihr hinunter. Sie erschrak. Sein Gesicht sah furchterregend aus. Es war mit verschiedenen Farben bemalt und besaß skelettartige Züge. Er trug einen Lendenschurz, der auch wirklich nur das nötigste bedeckte. Seine nackten Füße stampften wild und rhythmisch auf den lehmigen Boden. Seine ganze Körperhaltung war völlig unkoordiniert. Er tanzte mit wilden und hektischen Bewegungen um Marie herum. In der einen Hand hielt er einen langen Stab, welcher mit Federn verziert war, in der anderen Hand befand sich ein Säckchen, aus dem er irgendwelche Kräuter auf Marie warf und Zauberformeln vor sich hinmurmelte, in einer Sprache, die Marie nicht verstand. Wäre sie in einer anderen Situation gewesen, hätte sie jetzt zu diesem Zeitpunkt bereits laut losgelacht. Irgendwie hatte er Ähnlichkeit mit Rumpelstilzchen, dachte Marie, doch sie war zu erschöpft, um zu lachen. Sie war eher, wie gelähmt. Langsam kehrten Maries Erinnerungen zurück, mühsam setzte sie sich auf. Wobei der Medizinmann schlagartig in seinem Tanz inne hielt, und einen Schritt zurückwich, aber nicht ohne vorher nochmals laut zu brüllen. Sofort war Marie von vielen neugierigen Eingeborenen umzingelt, die sie verwundert anstarrten. Marie lächelte verkrampft und flüsterte leise. „Hallo ich heiße Marie. Kann mich jemand verstehen, irgendjemand?" verzweifelt schaute sie in die Gesichter der Männer. „Wo ist der Mann, der mich begleitet hat?"

Für einen kurzen Augenblick, in dem man hätte, eine Stecknadel fallen hören können, trat ein recht ansehnlicher großer und braungebrannter Mann aus der Menge hervor. Mit fester akzentvoller Stimme sagte er. „Ich verstehe und spreche ein wenig deine Sprache." „Das ist gut," sagte Marie erleichtert. „Wie kommt das?" fragte sie ihn. „Ich war bei einigen Expeditionen im Dschungel als Führer mit dabei." „Das ist ausgezeichnet" wiederholte sich Marie und nickte erschöpft.

Kapitel 11

Laut und aufdringlich schellte das Telefon in Sahibs Arbeitszimmer. Sahib, der gerade über seine Aufzeichnungen brütete, wollte unter keinen Umständen gestört werden. Genervt riss er nach mehrmaligen Klingeln den Hörer von der Gabel und grunzte laut ins Telefon. „Was ist, wer ist da?" „Was ist los?" Mit einem Mal wurde er sehr still, setzte sich und fragte nun ganz präzise, „wann und wo?"

Scheinbar war er mit der Antwort aus dem Hörer nicht zufrieden, denn er schrie erneut in das Ding und warf ihn wütend auf die Gabel. Durch den lauten Lärm aufgeschreckt, kam Tarek, einer der Ausgrabungsleiter, eilig angelaufen, um nachzuschauen, was das Getöse zu bedeuten hatte. Doch als er Sahibs finsteren Gesichtsausdruck sah, hielt er es für besser seinen Mund zu halten und abzuwarten. Es musste schon etwas Entsetzliches geschehen sein, was Sahib dermaßen aus der Fassung brachte. Geduldig, aber doch angespannt wartete er, bis Sahib sich gesammelt hatte. Er musste nicht lange warten. Mit stockender Stimme flüsterte Sahib, „sie sind abgestürzt, mitten im Dschungel, niemand weiß ganz genau wo. Marie und der Professor" sprach er leise. Tarek war entsetzt, fasste sich aber recht schnell wieder. „Keine Sorge, Sahib, Marie ist nicht irgendwer, sie findet eine Lösung. Sie weiß sich zu helfen. Aber trotz allem, sprach er weiter „wir müssen sie suchen. Mitten im Dschungel, das ist, als wenn du jemanden mitten in der Hölle aussetzt." „Worauf wartest du. Stell einen Suchtrupp zusammen. Wir müssen schnell handeln und dürfen nicht warten. Je eher wir sie finden, umso besser." „Ja, ja, ich weiß," antwortete Sahib immer noch sichtlich geschockt von der Nachricht. „Aber wo, wo sollen wir anfangen zu suchen. Es ist wie eine Suche nach der Stecknadel im Heuhaufen." Erneut griff er zum Telefon, um ein paar Freunde aus seinem Clan zusammenzurufen, damit sie sich so schnell wie möglich auf den Weg nach Peru machen konnten. Ein Clan umfasst bei den Vampiren mehrere Familien. Alle haben eigenständige Namen. Sahib, z.B. befehligt die Shadows, Ari ist der Boss der Moon Lights, und so weiter. Zuerst buchte er für sich und die anderen Shadows einen Flug nach Kolumbien. Von Cartagena aus wird ein einheimischer Guide den kleinen Rettungstrupp entlang des Amazonas, so dicht, wie möglich an die vermutliche Absturzstelle heranführen. Was ein gefährliches Unterfangen war. Die schmalen Flussarme schlängeln sich durch den dichten immergrünen Dschungel und sind nicht zu unterschätzen. Gefahren lauern überall. Anakonda, die größte Schlange der Welt, ist hier beheimatet, sowie auch Riesenschildkröten und Piranhas. Aber die schlimmsten Feinde, weil sie so klein und unscheinbar sind, sind die Moskitos, die viele Krankheiten übertragen, was einen Vampir natürlich kaum interessiert. Außerdem müssen sie auf tückische Sumpfgebiete achten, die an manchen Ufern zu finden sind. Teilweise werden sie mit kleinen Booten über den Amazonas schippern, um schneller voranzukommen.

Sahib versuchte unterdessen, mittels seiner ausgeprägten telepathischen Fähigkeiten Kontakt zu Marie aufzunehmen, doch außer ihren Gefühlen, ihrer großen Angst und die immense Gefahr, in der sie schwebte, konnte er keine Schwingungen von ihr wahrnehmen. Jedoch hatte er einen Vorteil, da in Maries Adern sein Blut fließt, dürfte es nicht schwer sein, Marie, im Dschungel zu orten und zu finden. Obwohl es ein beschwerlicher und gefährlicher Weg dorthin sein dürfte, selbst für ihn.

Kapitel 12

Nachdem Marie das nächste Mal zögernd ihre Augen öffnete, war es um sie herum stockdunkel. Ein äußerst beklemmendes Gefühl. Langsam und vorsichtig tastete sie ihre Umgebung ab. Sie lauschte in die Finsternis und hörte ganz leise ruhige und tiefe Atemgeräusche, doch sie konnte nicht ausmachen aus welcher Richtung sie kamen. Sie klangen sehr gleichmäßig. Vorsichtig flüsterte sie, „Professor," sind sie das? Keine Antwort. Es konnte nur Summers sein, dessen war sie sich sicher, doch die Anstrengung war zu groß. Ihr Körper noch zu geschwächt. Sie merkte, wie ihr wieder schwarz vor den Augen wurde und sie abermals in einen tiefen Schlaf fiel. Wieder holten sie diese merkwürdigen Träume ein, die sie schon seit frühester Kindheit verfolgten. Sie sah ägyptische Götter, die sie verfolgten, das Bild eines Pharaos, der sie milde anlächelte, die weite trockene Wüste und sich selbst als Kind. Manchmal machten die Träume ihr eine höllische Angst, doch sie hatte in all den Jahren gelernt, damit zu leben, und dieses Mal übten sie sogar eine beruhigende Wirkung auf sie aus. Das ist bisher noch nie der Fall gewesen. Sie atmete entspannt durch und schlief erschöpft ein.

Die Sonne stand bereits hoch am Himmel und strahlte mit aller Kraft durch den schmalen offenen Spalt des Zeltes, als Marie ihre Augen öffnete. Die Wärme war angenehm und tat ihr gut. Bei Tageslicht verschwanden die Dämonen der vergangenen Nacht. Geräuschvoll reckte und streckte sie sich, als sie jemand ansprach. „Einen fröhlichen guten Morgen wünsche ich dir!" Marie zuckte zusammen, konnte das wahr sein, war es wirklich die Stimme von Summers? „Professor, sind sie es, geht es ihnen gut? „Was macht ihr Bein und das Fieber und ihre Schmerzen?" Bei dem letzten Wort schnellte Maries Hand vor und berührte die Stirn des Professors, die sich völlig normal anfühlte. Der Professor lächelte, „danke, meine Liebe, ich fühle mich wie neu geboren. Es geht mir prima," und dabei streckte er seine Hände in die Höhe, „einfach super." „Das ist ja genial, entfuhr es Marie. „Aber wo sind wir, Professor, wissen sie das?" „Nein, nicht so richtig, aber ich kenne einen Weg es herauszufinden, denn fragenden Menschen kann geholfen werden." „Tja, meinte Marie skeptisch, „aber auch nur, wenn man, die zu fragenden Menschen verstehen kann." „Hoffentlich sind unsere Wohltäter keine Kannibalen," murmelte Marie leise vor sich hin, „die uns vielleicht nur für den Kochtopf zusammengeflickt haben." „Ach was, antwortete Summers, „so viel Mühe für nichts. Sei nicht so pessimistisch. Komm, lass uns nach draußen gehen." Langsam standen sie auf. Um sein gebrochenes Bein zu schonen, griff der Professor nach den Gehhilfen aus Holz, die neben seiner Schlafstelle lagen und gemeinsam verließen sie in gebückter Haltung und auf wackligen Beinen vorsichtig das Zelt. Draußen fand das normale Leben statt. Kaum einer der Eingeborenen nahm von ihnen Notiz. Marie sah sich um. Kinder spielten am Fluss im kristallklaren Wasser, wo ihre Mütter die Wäsche wuschen. An einer Felsformation war ein kleiner Vorsprung, aus dem ein winziger Wasserfall sprudelte. Ein friedliches Bild, wenn nicht ringsherum der Dschungel mit all seinen Gefahren lauerte. Plötzlich, wie aus dem Nichts, stellte sich ihnen ein Mann in den Weg. Marie erschrak zutiefst. Er sah in seiner einheimischen Kleidung furchteinflößend aus. Marie schluckte entsetzt! Summers beruhigte sie. Wahrscheinlich ist das der Schamane dieses Dorfes. Der uns Fremdlinge einmal näher betrachten will. „Zeige keine Angst, Marie." Leichter gesagt als getan, bemerkte Marie. An seine Seite war nun der Mann getreten, den Marie gestern kurz sah und der ein wenig ihre Sprache sprach, bevor sie in Ohnmacht fiel.

Ja, sie erinnerte sich, wenn auch nur schwach. Marie begrüßte zaghaft die beiden Männer mit respektvollem Abstand und bedankte sich bei ihnen, wegen der schnellen Genesung des Professors. Ohne deren Hilfe, er wohl den heutigen Tag nicht erlebt hätte, doch das sagte sie nicht laut. Neugierig oder auch wissbegierig, wie sie war, interessierte sie es natürlich brennend, wie Summers so schnell genesen konnte. Fragend sah sie den Dolmetscher an. Mit einer einladenden Handbewegung forderte er sie zum Sitzen auf. Marie tat, wie ihr geheißen. Er würde ihnen ihre Medizin erklären. Marie war skeptisch und distanziert. „Als erstes," begann er mit melancholischer Stimme, „das ist unser Schamane" und dabei zeigt er ehrfürchtig auf den doch recht exzentrisch aussehenden Mann an seiner Seite, ein Mann mit ganz besonderen Fähigkeiten, der viele Kräfte in sich vereint. Zum Beispiel auch die vier Elemente Erde, Luft, Feuer und Wasser, die Elemente der Wissenschaft, wie ihr sie nennt." „Außerdem haben wir hier im Dschungel alles was wir brauchen. Man muss nur wissen, es zu nutzen," bei diesen Worten lächelte er vielsagend und der Professor pflichtete ihm bei. „Wir sind ein kleines Volk und leben schon seit vielen Generationen isoliert und eigenständig, fernab jeglicher Zivilisation. Wir leben immer noch, wie unsere Vorfahren, als Jäger und Sammler im Regenwald. Und damit fahren wir gut. Unser Medizinmann besitzt mächtige Kräfte. Er ist ein Voodoo Priester. Auch das hilft uns beim Überleben. Aber nun zurück zu unserer Medizin. Schaut euch die furchtbar hohen Bäume an. Man könnte den Eindruck gewinnen, dass sie fast bis in den Himmel reichen. Sie sind so gigantisch hoch, dass man die Krone von hier unten aus nicht sehen kann. Sie sind unser Medizindepot. Die Rindenmilch benutzten wir gegen Fieber, das Gras an den Bäumen heilt Schnittwunden, die Blätter wiederum lindern Magenleiden und zerriebene Ameisen aus dem Termitenhügel, als Paste aufgetragen schützen hervorragend vor Moskitostichen. Wie ihr seht, gibt es für alles ein, Kraut. Und wenn man mit offenen Augen durch den Wald geht, findet man noch eine Vielzahl von Kräutern und Wurzeln, die Krankheiten lindern oder gar heilen können."

Marie war erstaunt. So hatte sie den Dschungel noch nicht betrachtet. Der Professor war von dem Vortrag begeistert. Der Indio stand auf, lächelte Marie zu und ging zu einer Gruppe von Männern, die in einem Kreis auf den Boden saßen. Noch im Gehen fragte er den Professor, ob er ihn begleiten möchte. Dieser stimmt freudig zu. Marie war sich bewusst, dass sie keine Frauen duldeten und dass die Zusammenkunft nur die Männer des Stammes betraf. Also beschloss sie einen kleinen Rundgang durch das Dorf zu machen. Beim Weggehen schaute Marie nochmals zu der Männerrunde und sah, wie eine Pfeife umher gereicht wurde. Jeder, der Männer, deren Haut, wie gegerbtes Leder aussah und die nur mit einem Lendenschurz bekleidet waren, nahm einen kräftigen Zug. Auch der Professor, dicker Qualm stieg hoch in die Luft. Na, hoffentlich behielt Summers seine Kleider an. Nicht, dass er nachher auch nur mit einem Lendenschurz bekleidet durchs Dorf schaukelt, dachte Marie und schüttelte sich. Beim Weggehen konnte sie noch hören, wie Summers fragte, was das denn sei, was sie da rauchen. Bromelien und Orchideen war die Antwort. Der betörende Duft lässt uns in eine Art Rauschzustand fallen, fast so, wie bei Cannabis. Der Professor lächelte schon leicht abwesend in die Runde und nahm noch einen kräftigen Zug. Na großartig, dachte Marie, das kann ja noch heiter werden und ging weiter.

Marie schüttelte nur verächtlich den Kopf. Männer, dachte sie. Langsam lief sie durch das Dorf. Sie lächelte den Dorfbewohnern freundlich zu, wobei die Kinder ihr zuwinkten, die Mütter jedoch etwas verhalten reagierten. Am Ende des Dorfes, am Eingang zum Dschungel stand ein großes mächtiges Zelt, aus dem Marie seltsam klingende Laute vernahm. Sie blieb stehen, schaute sich nach rechts und links um, ob sie auch niemand beobachtete und schlich dann neugierig näher an das Zelt heran. Durch einen winzigen Spalt schaute sie ins Innere und wagte dabei kaum zu atmen. Sie sah…nichts, denn ihre Augen mussten sich erst einmal an die spärliche Beleuchtung im Zelt gewöhnen. Plötzlich sah sie ihn, Marie zuckte leicht zurück, um nicht gesehen zu werden. Der Schamane stand mit seinem federbesetzten Stab, den er, mit der einen Hand in der Höhe hielt, direkt im Zenit und gab sonderbare Laute von sich. Marie schüttelte sich leicht. Eine Gänsehaut kroch langsam an ihrem Körper empor. Ein eigenartiges Gefühl beschlich sie. Sie wusste nur zu gut, dass sie hier nicht sein sollte, doch sie vermochte auch nicht sich abzuwenden. Was machte er da? In der Mitte des Zeltes, auf dem harten Lehmboden waren zwei unterschiedlich farbige Kreise aufgemalt. Ein äußerer und ein innerer Kreis. Zwischen den Linien, im inneren Kreis befanden sich Münzen, die allem Anschein nach, nach den Himmelrichtungen ausgerichtet waren. Etwas abseits auf einem Holzhocker in der Ecke stand eine schwarze Kerze, die magisch leuchtete, mal wurde der Schein heller und mal wieder dunkler. Sie warf ein riesiges Schattengebilde an das Innere der Zeltwand. Zur Rechten des Schamanen befand sich ein Gefäß, aus dem ein wenig Rauch herausquoll. Vielleicht etwas Abgebranntes? Marie war zu weit entfernt, um etwas Genaueres sehen zu können. Der Schamane selbst hielt in seiner linken Hand eine Strohpuppe, bekleidet mit einigen Stofffetzen. In der rechten Hand hielt er eine lange spitze Nadel, mit der er immer wieder auf die Puppe einstach. Dabei gab er unverständliche Laute von sich. Vielleicht Beschwörungsformeln, dachte Marie, die er immer und immer wieder wiederholte. Die veränderte Stimme des Medizinmannes machte Marie Angst. Es war ein unheimlicher Anblick und erinnerte Marie an einem Voodoo Priester aus dem Fernsehen. Mit einer katzenhaften Geschwindigkeit drehte der Schamane sich unerwartet und blitzschnell in Maries Richtung und schaute ihr direkt ins Gesicht. Marie stockte der Atem, sie schloss die Augen und wartete, doch nichts geschah. Bis sie zu ihrer Erleichterung feststellte, dass der alte Mann sich in eine Art Trance befand und sie gar nicht wahrnahm. Leise und geräuschlos, so dachte sie zumindest, zog sie sich vorsichtig zurück. Noch mal Glück gehabt, dachte sie. Hätte sie sich jedoch nochmals umgeschaut, dann hätte sie vielleicht sehen können, wie der Schamane besorgt in Maries Richtung schaute.

Nach einigen Tagen der Ruhe und Erholung und der Erkenntnis einiger medizinischer Fakten, die es den beiden ermöglichen sollte, ein bisschen sicherer durch den Dschungel zu kommen, hieß es langsam Abschied nehmen. Sie hatten die Gastfreundschaft lange genug in Anspruch genommen. Gestärkt und mit kleinen Geschenken versehen, wie zum Beispiel eine Pfeife mit Tabak für den Professor, für Marie gab es verschiedene Kräuter mit medizinischer Wirkung, machten sie sich auf den Rückweg. Begleitet wurden sie von dem deutschsprachigen Indio. Er führte sie ein Stück durch den dichten, vor Gefahren lauernden Regenwald. Sie wollten zurück zur Absturzstelle, denn Marie hatte festgestellt, dass es ohne Hilfe nicht zu schaffen war, quer durch den Dschungel nach Kolumbien zu marschieren. Deswegen hoffte sie inständig, dass sie am Wrack ein Rettungstrupp finden würde. Der Guide verließ sie, sobald das Dorf nicht mehr zu sehen war.

Der undurchdringliche Dschungel, von einigen auch grüne Hölle genannt, trug seinen Namen zu Recht. Erst war es subtropisch heiß, die Luftfeuchtigkeit extrem hoch und zu allem Überfluss regnete es immer zur gleichen Zeit, nein, falsch, es regnete nicht, es schüttete, wie aus Eimern. Nass bis auf die Haut war man so oder so. Und doch gab es auch durchaus paradiesische Momente. Eine Vielzahl wunderschön aussehender Orchideen schmückten den Wegesrand, doch Marie hatte gelernt, dass auch Schönheit gefährlich sein kann. Manche von ihnen sonderten ein gefährliches Gift, auch Toxine genannt, ab. Andere verwendetet man zu medizinischen Zwecken, wie gegen Tropenfieber, Malaria oder auch Sumpffieber. Die dornigen Kletterpflanzen, die sich durch ihre Kleidung in die Haut bohrten, waren nicht nur schmerzhaft, sondern versperrten den Beiden auch manchen Weg. Marie wünschte sich jetzt eine Machete, um den Weg frei zu räumen, doch leider, so etwas gab es bei den Eingeborenen nicht. Und so kostete es eine Menge Kraft und Zeit sich einen Weg durch das Gestrüpp zu bannen. Marie verzog vor Ekel das Gesicht und schüttelte sich. Überall verfingen sich ihre Haare in den Spinnennetzen, einfach nur widerlich. Zum Glück blieb es ihr erspart, die dazugehörige Spinne zu sehen. Wieder war sie direkt in eins hineingelaufen. Abermals schüttelte sie sich vor Ekel „Grrr, das ist ja grässlich." „Professor? Ist alles in Ordnung?" Summers lachte. „Aber ja, mir geht es blendend." Na toll, dachte Marie, wenigstens einer hat Spaß. Marie konnte die gute Laune des Professors kaum ertragen. Das unzugängliche Gelände machte ihr mächtig zu schaffen. Die Hitze zudem machte sie träge. Sie wurde schwerfällig und unaufmerksam gegenüber ihrem Umfeld, und das konnte gefährlich werden. Zudem wurde sie immer häufiger von Moskitoschwärmen angegriffen. Gut, dass sie noch etwas von der Paste hatte.

Marie schaute nachdenklich nach oben, obwohl sie nicht viel ausmachen konnte. Aber nach ihrem Gefühl wurde es bald Zeit, nach einem geeigneten Rastplatz Ausschau zu halten, denn die rasch einsetzende Dunkelheit, ohne vorangehende Dämmerung, machte es unmöglich, sich weiter sicher im Gelände zu bewegen. Von einer Sekunde zur anderen versank alles in totaler Finsternis. Sie mussten rasch handeln und ein Feuer anzünden, um wilde Tiere fernzuhalten. Marie holte etwas zu essen und trinken aus dem Rucksack, setzte sich zu Summers ans Feuer und sagte: „So, Professor, jetzt stärken wir uns erst einmal und schlafen ein wenig. Ich halte die erste Wache." „Okay, weck mich, wenn ich an der Reihe bin." Mach ich, gute Nacht."

Kapitel 13

In einer kleinen einheimischen Kaschemme mit Namen „Diabolo" wartete der Guide, der zum Clan der Moonlight gehörte, ungeduldig auf Sahib, um den kleinen Rettungstrupp, relativ sicher durch den Regenwald zu bringen. Er erinnerte die Männer eindringlich daran vorsichtig zu sein. Es sei kein Spaziergang den Dschungel zu durchqueren. Seine Aufgabe war es, die Männer zur ungefähren Absturzstelle des Flugzeuges zu bringen. Die Koordinaten waren nicht hundertprozentig genau, aber das war das Einzige was sie hatten und Sahib hoffte inständig, unterwegs ein Zeichen von Marie zu empfangen. Mit zwei Booten fuhren sie den Amazonas hinunter, bis tief hinein in den Dschungel nach Iquitos. Ein Ort, der im Jahre 1757 von den Jesuitenmissionaren gegründet wurde. Die Flusspferde, die ihnen unterwegs auf dem Wasser begegneten, waren keineswegs erfreut über ihre Anwesenheit. Sie mögen es gar nicht, wenn Fremde in ihr Territorium eindringen. Der Guide lenkte mit sicherer Hand vorsichtig und mit viel Gefühl das Boot souverän durch die Dickhäuter, die sich teilweise unter Wasser befanden. Auch die Alligatoren und Schlangen bereiteten der Truppe einige Schwierigkeiten. Gestresst und nervös, weil die Fahrt nur langsam voran ging, erreichten sie nach einiger Zeit ein Reservat am Rande des Regenwaldes. Von hier aus mussten sie zu Fuß weiter, mitten durch den peruanischen Dschungel. Sahib und seine Freunde waren nun schon seit Stunden ohne Pause unterwegs und keiner von ihnen konnte sagen, wie lange es noch dauern würde. Der Wald lebte. Von überall war unheilvolles Rascheln im Unterholz zu hören. Niemand konnte voraussagen, was für ein Tier sich dort versteckt hält. War es giftig oder nicht? Vielleicht eine Anakonda, die auf ein leckeres Mal hoffte? Laut kreischende Affen sprangen von Baum zu Baum ohne die Eindringlinge aus den Augen zu lassen. Doch die Männer kannten die Gefahren, die hier draußen auf sie lauerten und nach einer kurzen Rast, bei anbrechender Morgendämmerung, marschierten sie weiter. In der Hoffnung heute die Absturzstelle zu erreichen.

Kapitel 14

Nach einigen entbehrungsreichen und auch gefährlichen Tagen erreichten Marie und Summers müde und erschöpft endlich die Absturzstelle. Es hatte sich nichts verändert. Alles sah so aus, wie sie es verlassen hatten. Zum Glück hatten keine Drogenschmuggler diesen Platz gefunden. Aufgeregt lief Marie zu einer Böschung etwas abseits gelegen. Ohne nachzudenken, sprang sie flink hinunter. „Bist du von allen guten Geistern verlassen" schrie der Professor hinter ihr her. Marie achtete gar nicht auf ihn. Voller Erleichterung rief sie. „Sie ist noch da und völlig unversehrt. Was für ein Glück. Haben sie gehört Professor?" „Ja doch, ich bin doch nicht taub." Marie war in ihrem Element. Jetzt bauen wir eine Trage und warten, dass uns jemand aus dem Dschungel führt. „Wenn's weiter nichts ist," antwortete Summers mit resignierter Stimme. „Wer soll uns denn hier finden?" „Kannst du mir das mal erklären?" Marie war euphorisch. „Sahib, sagte sie. Sahib, er wird uns finden, davon bin ich überzeugt. „Wir reden morgen weiter Professor. Jetzt machen wir Feuer und ruhen uns aus. Ich übernehme wieder die erste Wache. Schlafen sie, Professor. Ich wecke sie später."

Es war eine ruhige Nacht. Sehr still, fast schon ein wenig zu still, aber dies bemerkte Marie nicht. Kein Geräusch von einem Tier war zu hören, nur das leise Knistern des Feuers. Maries Gedanken kreisten um die Mumie. Gerade als Marie den Professor zur Wachablösung wecken wollte, hörte sie eigenartige Geräusche aus dem dunklen Unterholz. Aus den Büschen hörte man ein lautstarkes Poltern und Schnaufen. Es war beängstigend. Was für ein Tier mochte das wohl sein? Ängstlich bückte sie sich und griff nach einem großen und wie, sie feststellen musste, recht schweren Ast, der vor ihr auf den Boden lag. Der Professor, der mittlerweile von dem Krach ebenfalls aufgeweckt wurde, starrte sie entsetzt an. Sie riss mit aller Kraft den Ast hoch und wartete so bewaffnet auf den Angreifer, wobei sie hoffte, dass es nicht zu lange dauern würde, weil ihr Arm jetzt schon weh tat. Ihr Puls raste. Das Adrenalin schoss durch ihren Körper. Mit lautem Getöse stolperte plötzlich fluchend und schimpfend eine schwarze Gestalt aus dem Gebüsch. Wieso muss im Dschungel alles so beengt und unübersichtlich sein. In der Wüste wäre alles viel einfacher. Marie, die immer noch den geschwungenen Ast in der Hand hielt, stutzte kurz. „Sahib, bist du das?" „Dumme Frage," kam es kurz angebunden zurück. „Wer sollte es denn sonst sein?" Vor Erleichterung ließ Marie den schweren Ast fallen. „Wolltest du mich vielleicht damit erschlagen?" meinte Sahib und deutete auf den am Boden liegenden Ast." „Ich dachte, du seist ein Bär," sagte Marie erleichtert. „Blödsinn, im Regenwald gibt es keine Bären," brummte Sahib, doch dabei lächelte er Marie versöhnlich an. „Na, wie schaut's aus Prinzessin, alles gut?" Vor lauter Freude sprang Marie Sahib erleichtert in die Arme, wobei sie flüsterte, „du bist spät dran, wo warst du so lang?" Sie schlang ihre Arme um seinen Hals und wollte ihn nicht mehr loslassen. Mohamed, der als letzter aus dem Dickicht kam, schaute auf Marie und lachte, bis er keine Luft mehr bekam. Marie war schmutzig von Kopf bis zu den Füssen. Ihre Haare klebten strähnig in ihrem Gesicht. Sie sah an sich hinunter und zuckte bei Mohameds Lachen nur verständnislos mit den Schultern. Sahib schüttelte ebenfalls nur den Kopf. Mohamed jedoch, der sich vor Lachen immer noch den Bauch hielt, versuchte krampfhaft zu sprechen. Was ihm aber nur bruchstückhaft gelang. Er schaute auf Sahib und zeigte auf Marie, „du," „du", fing er mühsam an zu sprechen, „du wolltest immer eine Frau, die dich bedient, die gehorsam ist und dich verwöhnt, ein Geschöpf ohne Widerspruch und was hast du jetzt bekommen und dabei schüttelte er sich erneut vor Lachen. Bekommen hast du eine Lara Croft, eine Schatzjägerin und eine kleine Hexe, die ihren eigenen Willen hat und sich niemanden unterwirft. Du tust mir leid, mein Freund", mit diesen Worten suchte er schnell das Weite, bevor Marie ihn erreichen konnte. „So ein Blödsinn," flüsterte Marie Sahib zu. „Natürlich gehorche ich dir, wenn es die Situation erfordert" und dabei lächelte sie ihn spitzbübisch an.

Summers, der sich auch wieder von dem Schreck erholt hatte, im ersten Moment dachte er, Kopfgeldjäger trachteten ihm nach den Leben, begrüßte freudig Sahib und seine Männer. Erleichtert sah er alle an. „Mein Gott, bin ich froh, euch zu sehen," und dabei drückte er jeden einzelnen der Männer fest die Hand.

Bei Tageslicht bauten sie eine Trage für die Mumie, legten schützend einige Decken, die sie noch im Wrack gefunden hatten, über sie und machten sich auf den langen beschwerlichen Heimweg.

Mühsam kämpfte sich die kleine Truppe Stück für Stück durch den immergrünen, dichten und dornigen Regenwald. Die Luft war unangenehm heiß und stickig. Das Atmen fiel bei jedem Schritt schwerer. Die Kleidung klebte an ihren nassen verschwitzten Körpern. Die Stimmung untereinander war gereizt. Es fehlte nur ein kleiner Funken und sie würden explodieren. Marie rang nach Luft. Sie konnte kaum noch atmen. Leichenblass kämpfte sie gegen Übelkeit und Schmerzen. Jeder Schritt kostete ihr bei diesen tropischen Temperaturen immense Kraft, doch sie biss die Zähne zusammen und versuchte sich nichts anmerken zu lassen. Doch ihre Beine wollten nicht mehr. Sie taumelte, doch bevor sie stürzte, war Sahib mit einem Satz an ihrer Seite und fing sie auf. Dankbar lächelte sie ihn an. Es war, als würde der Wald leben. Die Bäume neigten ihre Äste hinab bis zu dem mooshaltigen Boden. Und es dauerte auch nicht mehr lange und der alltägliche Regen setzte ein. Um sich nicht in noch größere Gefahr zu begeben, blieb ihnen nichts anderes übrig, als sich irgendwo unterzustellen. Alle kauerten sich so gut wie möglich ins Unterholz und warteten. Nach dem kurzen Regenschauer ging es dann weiter, denn sie mussten noch vor der Dunkelheit einen geeigneten Platz für die Nacht finden. Als einer der einheimischen Führer gerade mit seiner Machete Schilf entfernt hatte und Marie einen leisen Schrei ausstieß. Schlagartig blieben alle wie angewurzelt stehen. Vor ihnen tat sich ein nie endender Abgrund auf. Tief und dunkel ragte es von der Klippe, auf der sie standen, hinab ins Nirgendwo. Die andere Seite, zu der sie mussten, schien meilenweit entfernt zu sein und zu Maries Entsetzen führte nur eine alte wacklige und nicht stabil aussehende Hängebrücke hinüber. Marie bekam Panik, denn sie litt unter extremer Höhenangst. Die Brücke sah nicht vertrauenserweckend aus. Einzelne Holzlatten waren mit dicken Seilen verknüpft, doch zwischendurch fehlte auch schon mal die eine oder andere Verstrebung. Zwei dicke alte Seile, die zum Teil schon zerfleddert waren, dienten als so eine Art Geländer. Sie waren ein Überbleibsel eines Forscherteams, das hier vor einigen Jahren Untersuchungen durchführte. Sahib, der diese Brücke kannte, wusste dass sie noch lange nicht am Ziel waren, denn von hier aus, waren es immer noch mehrere Tagesmärsche nach Cartagena, eine Stadt in Kolumbien und Auffanglager für Drogenschmuggler und Piraten. Ein gefährlicher Ort.

 Marie stockte der Atem, je länger sie auf das marode Bauwerk starrte. Sie wurde still, sehr still. Unbemerkt war Sahib neben sie getreten und flüsterte ihr leise ins Ohr. „Das schaffen wir schon, keine Angst, ich bin bei dir." Aufmunternd lächelte er ihr zu. Marie, jedoch war den Tränen nahe, panische Angst breitete sich in ihr aus.

Zuerst überquerten die Träger die Brücke, um sie von der anderen Seite aus, mit zusätzlichen Seilen zu stabilisieren. Als nächstes nahm der Professor seinen ganzen Mut zusammen und passierte langsam und vorsichtig die durch sein Gewicht in Bewegung geratene Brücke in schwindelerregender Höhe. Ganz wohl war ihm nicht dabei, das konnte man an seinen Gesichtszügen erkennen. Mittlerweile schaukelte die Brücke in luftiger Höhe hin und her. Nachdem alle Männer unbeschadet auf der anderen Seite angekommen waren, wurde es langsam Zeit, dass auch Sahib und Marie, das Ungetüm bezwangen. Marie war vor Angst, wie gelähmt. Sachte und ganz vorsichtig nahm Sahib ihre Hände in die seinen und zog sie Schritt für Schritt auf die Brücke. Wobei er Rückwärts ging und Marie fest an den Händen hielt. „Schau mich an, nicht hinuntersehen!" Sahib sprach leise und einfühlsam auf Marie ein. Seine melodische Stimme beruhigte sie ein bisschen. „Marie, du musst atmen," hörte sie ihn mit fester Stimme, die keinen Widerspruch duldete, sagen. Doch Maries Panik war übermächtig, deshalb entschloss sie sich, es mit dem Vierfüßlerstand zu versuchen. Ein Prinzip, das sie früher schon anwandte, wenn sie Schwierigkeiten hatte, eine normale Brücke, wegen der Höhe, zu überqueren. Sie ging vorsichtig hinunter auf die Knie, dann auf alle viere und kroch Stück für Stück die Brücke entlang. Wobei sie auf die maroden und offenen Stellen achten musste. Dort half ihr Sahib hinüber. Sahib ging langsam vor, immer bedacht, ihr sofort zu helfen, falls sie in Bedrängnis geraten sollte. Er amüsierte sich zwar ein wenig über diese ungewohnte Technik, aber wenn's hilft. Warum nicht. Nach einer gefühlten Ewigkeit hatten auch Sahib und Marie die andere Seite unbeschadet erreicht. Vor Erleichterung brach Marie in Tränen aus. Sahib küsste sie und nahm sie zärtlich in seine Arme, wie ein kleines Kind wiegte er sie hin und her.

Nun ging es weiter nach Kolumbien. Von dort aus wollten der Professor, Sahib und Marie mit ihrer kostbaren Fracht nach Luxor fliegen, um die Mumie einer Radiocabondatierung zu unterziehen. Diese Methode wird auch C14 genannt und ist ein Verfahren zur Datierung kohlenstoffhaltiger, insbesondere organischer Materialien. Der zeitliche Anwendungsbereich liegt zwischen 300 und etwa 60.000 Jahren. Sie wird häufig angewandt bei der archäologischen Altersbestimmung.

Sie erreichten Catagena nach vielen Tagen der Entbehrungen, und unverzüglich flogen sie zurück nach Luxor, wo sie gegen Abend bereits landeten.

Kapitel 15

Endlich zuhause, seufzte Marie. Vom Flugzeug aus begleitete Marie die kostbare Fracht direkt zum Museum. In einem dunklen Raum, hinter verschlossenen Türen, würde sie zuerst einmal unbeobachtet von der restlichen Welt warten, bis die C14 Datierung abgeschlossen war. Danach fuhr auch Marie heim. Sie war müde, erschöpft und hungrig.

Der Professor stattdessen stürmte als erstes in sein Arbeitszimmer sah den Stapel Post, der sich in der Zwischenzeit angesammelt hatte, flüchtig durch, schnappte sich den Telefonhörer und schubste dabei mit seinem Fuß die Türe zu. Knall, flog die Tür ins Schloss. Sahib erkundigte sich in der Zeit bei Tarek nach den laufenden Ausgrabungen. Ob und wie sie voranschreiten? Marie war wibbelig und aufgeregt. Was wohl morgen bei der Analyse der Mumie herauskam. Um sich ein wenig abzulenken, nahm sie in der Zwischenzeit ein Bad, schloss entspannt die Augen und dachte über ihr Abenteuer nach. Die ganze Dschungelaktion hatte ihr mehr zugesetzt, als sie es sich selbst eingestehen wollte. Ihre Wunden würden heilen und ihre Kräfte wiederkommen, doch die Alpträume waren schlimmer denn je geworden. Sahib versuchte, so gut er konnte, Marie zu helfen, doch es war schwer, fast unmöglich, jemandem helfen zu wollen, der sich nicht helfen ließ. Auch ihre Freunde waren besorgt, beschlossen aber, dass Arbeit vielleicht in diesem Moment die beste Medizin war, um über das Geschehene hinwegzukommen.

Am nächsten Morgen fuhren sie schon zeitig ins Museum. Der zuständige Mitarbeiter für die C14 Analyse wurde direkt aus Kairo angefordert. Nachdem alles durchgecheckt worden war, konnte es losgehen. Der Professor, der genau so aufgeregt war wie Marie, konnte kaum stillstehen. Vorsichtig, mit viel Feingefühl, wurde die Mumie von zwei wissenschaftlichen Mitarbeitern sachte auf einen Metalltisch gelegt und für die Untersuchungen vorbereitet. Mit viel Fingerspitzengefühl begann der Doktor aus Kairo mit der Analyse. Es war eine lange und komplizierte Technik, die schon etwas Zeit benötigte. Marie war fasziniert von der Arbeit und schaute interessiert zu. Nach Beendigung der Analyse hieß es jetzt Geduld beweisen, denn das Ergebnis würde einige Tage auf sich warten lassen. Nach ein paar Tagen Ungewissheit war es dann endlich so weit. Marie und der Professor erhielten den langersehnten Anruf und eilten sofort zum Museum. Die Datierung war abgeschlossen, das Ergebnis stand fest. Summers strahlte sie an. „Wir haben es geschafft" rief er Marie zu. Marie stockte der Atem, „nun sagen sie schon," bettelte sie. „Spannen sie mich nicht weiter auf die Folter, Professor!" Summers rückte seine Brille, die ein wenig verrutscht war, zurecht, nickte, nahm ein Blatt und las langsam und bedächtig den Text. „Unser Objekt, also die Mumie, ist ca. 3500 Jahre alt." Noch bevor der Professor weiter reden konnte, unterbrach ihn Marie. „Also ungefähr um die Zeit 1500 vor Chr. aus der," sie rechnete nach, „also aus der 18. Dynastie vielleicht unter Pharao Amenhotep, aber das müsste noch genauer untersucht werden." Der Professor nickte eifrig. „Jetzt müssen wir nur noch das wie, warum und wo herausfinden" warf Marie ein." Der Professor schaute sie entgeistert an. „Ja, wie kam die Mumie nach Peru, warum war sie dort und vor allen Dingen, wo stammt sie genau her!" „Welche Zivilisation lebte damals zu der besagten Zeit, in Ägypten und in Peru und worin bestand die Verbindung?" Marie lächelte, „das ist eine spannende Sache. Ich werde mich gleich an die Arbeit machen." Sie bedankte sich und schüttelte dem Mann aus Kairo die Hand und noch bevor dieser etwas entgegnen konnte, war sie aus dem Zimmer gestürzt. Von dem Amulett, das die Mumie bei sich trug, hatte Marie kein Wort erwähnt. Summers schaute verstört hinter Marie her.

Marie lief zu Sahib, um mit ihm über die Mumie zu sprechen. Doch dieser stutzte verstört, als er Marie sah. „Was trägst du da um den Hals, Kleines?", fragte er sie. Marie zuckte zusammen und fasste an ihren Hals, das Amulett, oh weh, das hatte sie buchstäblich vergessen. Zu Sahib gewandt antwortete sie, „es ist das Amulett, dass die Mumie trug, als man sie fand. Paolo Ernesto gab es mir mit den Worten, ich soll es mit meiner Magie beschützen." Sahib runzelte seine Stirn. „Wie kommt er darauf? Das gefällt mir gar nicht," grummelte er. „Darüber müssen wir noch reden. Bist du auf deiner Reise mit anderen magischen Geschöpfen zusammengekommen." Marie zuckte mit den Schultern, „keine Ahnung." „Zeig mir das Amulett mal, Liebes." Marie nahm das Schmuckstück ab und reichte es zaghaft Sahib. Er schaute es sich eine Zeitlang an, seufzte und untersuchte das Amulett Millimeter für Millimeter kritisch und vorsichtig mit einer Lupe. „Ich würde sagen, der Anhänger stammt aus der 17. Oder 18. Dynastie. Auf der Vorderseite kann man Schlange, Puma und Condor erkennen. Darstellungen, wie man sie in Peru verwendet. Die Steine der Augen sind synthetisch. Die Rückseite jedoch deutet eindeutig auf Ägypten. Die Hieroglyphen und der Anch sind ägyptisch. Sie wurden jedoch viel später eingraviert. Es wäre also möglich, dass vor langer Zeit ein Segelschiff aus fernen Ländern hier vor Anker lag und dass ein Seemann dieses Amulett als Talisman bei sich trug. Möglich wäre dann, dass er hier eine Frau kennenlernte und sich verliebte und ihr das Amulett als Liebesbeweis schenkte. Ob man das Geheimnis dieses Schmuckstücks jemals klären wird, liegt ganz in Allahs Hand", und dabei schaute er Marie zärtlich an, die ihm sehr aufmerksam zugehört hatte. Oh ja, sie liebte diesen Mann, mehr als alles andere, das wurde ihr in diesem Moment wieder einmal mehr denn je bewusst.

Am Abend kamen Cloudia und Ahmed zur Begrüßung und zur gelungenen Rettung aus dem Dschungel, Marie besuchen. Cloudia war Maries beste Freundin und lebte nun auch schon eine Zeitlang in Luxor, wo sie mit Ahmed eine Ausgrabung leitete. Herzlich umarmten sich die beiden Freundinnen. Cloudia war froh Marie wiederzusehen. Sie hatte sich die größten Sorgen gemacht, als sie hörte, dass Marie im Regenwald verschollen war. Sie wusste, Marie konnte sehr impulsiv sein und das war in manchen Fällen äußerst gefährlich. Doch nun hatten sich die beiden Frauen viel zu erzählen. Marie erzählte von ihrem Absturz, vom verletzten Professor, vom indigenen Volk, und sie redeten und redeten.

Kapitel 16

Im Moment war ihr so gar nicht nach verreisen, doch als Marie ihre liegengebliebene Post durchsah fiel ihr ein Brief aus Kairo in die Hände. Er war wichtig. Nervös schaute sie auf den Umschlag, sollte das die Antwort sein, auf die sie schon so lange wartete? Sie hatte dem Kurator des Ägyptischen Museums geschrieben. Ihr Anliegen war etwas delikat. Aber nun endlich hatte sie für den kommenden Mittwoch einen Termin bei der Antikenverwaltung erhalten. Das war in zwei Tagen. Sie buchte rasch einen Flug und traf ihre Vorbereitungen. Sie nahm sich nochmals ihren Merkzettel zur Hand und beschloss dann spontan, dem Kurator frei entgegenzutreten. Mehr als rauswerfen konnte er sie nicht.

In Kairo angekommen, begab sie sich schnurstracks zum Büro der Antikenverwaltung. Sie klopfte forsch an und nach einem kurzen „Ja bitte", öffnete sie die Tür und begrüßte den Kurator Mohamed el al Sahid. Er deutete freundlich, sie möge sich setzen und zeigte dabei mit seiner Hand auf einen bequem aussehenden Sessel, direkt vor seinem Schreibtisch. „Was kann ich für sie tun, Madam?" und dabei sah er sie neugierig an. Vor Aufregung klopfte Maries Herz so laut, dass sie dachte der Kurator konnte es hören. Er hatte es nicht oft mit Europäern zu tun und war dementsprechend ein wenig verwirrt. Er war ein gutaussehender Mann, so um die Fünfzig Jahre mit feinen Gesichtszügen, einen üppigen Schnauzbart, schwarzen, mit silbernen Fäden durchzogenen Haaren und europäischer Kleidung. Er trug einen schwarzen Anzug. Unter dem Jackett kam ein pastellfarbenes Hemd in lindgrün zum Vorschein. Marie setzte sich, holte tief Luft, denn sie war sehr nervös und trug ihr Anliegen präzise vor.

„Es geht um den Mumiensaal" und dabei schaute sie den Kurator freundlich an. Sie sprach leise und betont langsam. „Ich finde es entwürdigend, die Pharaonen dort so zur Schau zu stellen. Es ist falsch und makaber. Die Könige sollten zurück nach Luxor, um dort in ihren jeweiligen Gräbern beigesetzt zu werden. So wie es für einen Pharao würdig ist. Ich möchte also den Antrag stellen, die Mumien wieder ins Tal der Könige zu bringen." Als sie geendet hatte wartete sie auf die Reaktion des Kurators. Im ersten Moment war er sprachlos und schnappte hörbar nach Luft. „Ich weiß nicht so recht, was ich darauf antworten soll," leicht irritiert sah er Marie an. „Der Mumiensaal ist eine Hauptattraktion im Museum. Ihn schließen, das geht nicht so einfach. Es bedeutet weniger Einnahmen. Nein, ich weiß nicht," murmelte er. „Sie müssen ihn nicht schließen," warf Marie schnell ein. Ersetzten Sie die Mumien durch Duplikate. Die sind so naturgetreu, dass kein normaler Tourist einen Unterschied bemerkt und die Pharaonen können trotzdem in Frieden ruhen. So, wie es bei Tutanchamun bereits der Fall ist. Bitte denken sie in Ruhe über mein Anliegen nach," flehte Marie und schaute Mohamed mit ihren blauen Augen betrübt an. Der Kurator blickte sie ernst an und versprach mit dem Generalsekretär der ägyptischen Altertümer Verwaltung zu reden und ihr möglichst schnell Bescheid zu geben. Dabei erhob er sich und begleitete Marie aus dem Raum. Marie verabschiedete sich höflich und ging zum Bahnhof. Gegen Abend fuhr ihr Zug bereits in Luxor ein. Erschöpft machte sie sich auf den Heimweg.

Sie brauchte nicht lange auf eine Antwort zuwarten, bis man sie wieder nach Kairo beorderte. Aufgeregt begab sie sich ein zweites Mal zum Kurator. Wie würde sich der Museumsvorstand entschieden haben? An der Pforte wurde sie freundlich vom Personal begrüßt und auf direktem Weg ins Büro von Mohamed gebracht. Nervös starrte sie auf den Mann, der am Fenster stand und ihr den Rücken zudrehte. Mit einem Mal drehte er sich langsam um und kam freundlich auf Marie zu. Marie überlegte kurz, war das ein gutes oder ein schlechtes Omen?

Sie nahm wieder in dem Sessel Platz, und er begann zu reden. „Ihr Anliegen war äußerst merkwürdig, vor allem für eine Europäerin, Madam," sprach er leise, „aber wir diskutierten lange und haben es uns nicht einfach gemacht. Manche waren dafür, andere wieder dagegen. Einmischungen von außen sieht man nicht gerne. Doch nach langer eingehender Beratung kamen wir zu dem Entschluss," Marie hielt den Atem an, „dem Projekt zuzustimmen. Die Mehrheit war sehr angetan von Ihrem Anliegen, Madam. „Wir stellen nur eine einzige Bedingung. Sie persönlich müssen die Schiffe nach Luxor eskortieren und die Pharaonen bis ins Tal der Könige begleiten. Wo sie dann zur letzten Ruhe gebettet werden. Sind sie damit einverstanden, Madam?" „Und ob," rief Marie erleichtert aus und strahlte den Kurator über das ganze Gesicht an, dabei war sie aufgesprungen und umarmte ihn freudig. „Nichts lieber als das!" Der Kurator lächelte sie freundlich an, wich aber distanziert zurück.

Erleichtert und voller Tatendrang kehrte sie nach Luxor zurück, um Sahib die Neuigkeit zu erzählen. Er war zwar erstaunt über ihren Alleingang, doch auch stolz, dass sie für das, an was sie glaubte auch gekämpft hatte. Lange redeten sie noch über dieses Vorhaben. Dann, mit einem Mal, stand Sahib auf, ging zu der alten Kommode und holte ein kleines Buch heraus. Sah es sich lange an, dann warf er es Marie, mit den Worten zu, „lese und lerne". Sie fing es erschrocken auf und schaute ihn verständnislos an. „Was soll ich lesen?" „Öffne es und schaue herein, dann wirst du verstehen," war seine kurze Antwort. Marie tat, wie ihr geheißen. Sie nahm das DinA5 große, blaue Buch, das mit einem Gummiband zugehalten wurde, in die Hand, öffnete es und las auf der 1. Seite, die Zeilen: „Handbuch einer Hexe." Es stammte also von einer Frau mit Zauberkräften, soviel war ihr schon einmal klar. Auf den Seiten waren Zeichnungen und Listen mit Kräutern und Pflanzen, mit Mengenangabe und Mischverhältnis, die man benötigte, um weiße, aber auch schwarze Magie zu vollziehen. Es waren Zaubersprüche und Zaubertränke aufgeführt, die Marie aber wegen der alten Schrift noch nicht alle entziffern konnte. Ebenso gab es Seiten voller Amulette und ihrer Bedeutung. Ein Pentagramm verzierte den Einband. Auf der Rückseite war die Laufbahn des Mondes dargestellt, der wohl in diesem Buch eine wichtige Rolle spielte, ebenso, wie die Runensteine, die zum Teil mit Ornamenten und Bändern verziert waren. Es war ein faszinierendes Buch. Sie machte es vorsichtig zu, schaute Sahib an und fragte ihn, „wo hast du das her?" Er lächelte sie an und meinte, „das ist im Moment nicht wichtig. Lies es!"

Marie nickte, aber nicht mehr heute, flüsterte sie und schlief sanft in Sahibs Armen ein.

Kapitel 17

Endlich hatte das Warten ein Ende. Morgen war der große Tag. Die verschütteten Gänge waren freigeräumt worden. Der Suche nach Anchsenamun stand nichts mehr im Wege. Marie, Sahib und der Professor wollten nun vom Tal der Könige aus, also aus dem Grab von Tutanchamun, den freigeräumten Gang begehen. Ahmed und Cloudia wollten dasselbe, nur ihr Weg begann im Tal der Königinnen. Irgendwo und irgendwann, so hofften die Freunde, würden sich die beiden Gänge vereinigen und sie würden sich treffen, immer vorausgesetzt, ihre Berechnungen stimmten. Die einheimischen Arbeiter hatten gute Arbeit geleistet. Marie und die beiden Männer an ihrer Seite stiegen vorsichtig durch den schmalen Eingang. Beim Einstieg mussten sie sich ducken, denn der Eingang war nicht sehr hoch, aber direkt dahinter konnten sie aufrecht stehen, zumindest Marie. Die Männer hatten da so ihre Schwierigkeiten. Vorsichtig, einen Schritt vor dem anderen, marschierte die kleine Gruppe, jeder mit einer Taschenlampe bewaffnet, langsam den schmalen dunklen Gang entlang. Nicht wissend was für giftige Tiere vielleicht in irgendeiner dunklen Ecke auf Beute lauerten. Skorpione, Schlangen, giftige Spinnen. Schon bei dem bloßen Gedanken schüttelte sich Marie angewidert. Igitt, dachte sie. Mittlerweile waren sie schon eine Zeitlang durch das Tunnelsystem gelaufen, als Marie plötzlich ruckartig stehen blieb. Aus ihrem Augenwinkel konnten sie an der Wand zu ihrer rechten Seite etwas aufblitzen sehen, kurz nur, aber da war etwas. Instinktiv griff sie danach. Es war ein kleiner goldener Skarabäus, der im Licht ihrer Taschenlampe aufleuchtete. Er steckte im Felsen fest. Vorsichtig, um ihn nicht zu beschädigen, berührte sie ihn und drückte ganz sacht dagegen. Mit einem leisen Knirschen öffnete sich eine Tür im Felsen. Marie erstarrte. Staubige, modrige und vielleicht auch gefährliche Luft strömte durch den kleinen Spalt nach außen. Sahib riss Marie zu Boden und hielt ihr seine Hand vor dem Mund, damit sie die kontaminierte Luft nicht einatmete. Doch es schien alles in Ordnung zu sein, denn in Sekundenschnelle war das Phänomen vorbei. Plötzlich hörten sie leise Stimmen und sahen mehrere Lichtkegel auf sich zukommen. Erschrocken löschten sie ihre Lampen, duckten sich und drückten sich dabei eng an die schroffe Felswand. Irgendetwas krabbelte über Maries Arm. Sie ekelte sich und wollte am liebsten laut los schreien, doch sie presste instinktiv ihre Hand auf dem Mund, um bloß kein unnötiges Geräusch zu machen. Hoffentlich keine Spinne, dachte sie. Ich hasse Spinnen. In diesem Augenblick waren die

Lichtkegel nah, sehr nahe. Marie hörte das Atmen der Fremden, als unerwartet eine Stimme, die sie kannte, rief „hallo, wo seid ihr?" Es war Cloudia. Marie fiel erleichtert ein Stein vom Herzen. Langsam richtete sie sich auf, als ihr mit einem Mal das Lächeln im Gesicht gefror. Aus dem Augenwinkel sah sie eine riesige Spinne auf sich zulaufen. Entsetzt schrie sie laut auf und sprang an den Hals des überraschten Sahibs. Ahmed grinste und erzählte unterdessen, dass sie auf ihren Weg hierher durch eine Geheimtür mussten. Zuerst sah es so aus, als wenn der Weg zu Ende sei, dass erzählten ihnen zumindest die Arbeiter, doch als sie allein waren, suchte Cloudia nach einem Eingang und fand ihn auch. Voila, hier sind wir, wobei er theatralisch die Hände in die Höhe hob. „Auch wir fanden eine versteckte Tür," sagte Marie leise, die sich von ihrem Schreck erholt hatte. Die Freunde widmeten nun ihre ganze Aufmerksamkeit der Geheimtür vor ihnen. Langsam und bedächtig öffnete Marie die Tür, indem sie sie sanft zur Seite drückte, bis die Öffnung groß genug war, um hindurchzugehen. Vieles deutete darauf hin, dass diese Tür schon lange, sehr lange verschlossen war. Spinnweben sowie eine mehrere Zentimeter dicke Staubschicht versperrten den Durchgang. Schnell huschten sie hindurch. Marie standen abermals Ekel und Abscheu im Gesicht geschrieben, als sie mit einem Mal in einem kleinen Raum standen, mit einer Größe von vielleicht zwei mal zwei Meter. Die Wände wunderschön und kunstvoll bemalt. In einer dunklen Ecke standen auf einem schmalen Holztisch vier Gefäße. Kanopen, wie sie auch genannt werden, sind Gefäße, in denen sich die Organe der Toten befinden. Um die Vollständigkeit im Totenreich zu gewährleisten, wickelt man die entnommenen Organe in Leinentücher und legt sie in die Kanopen, die mit einem Deckel fest verschlossen werden. In der entgegengesetzten Ecke entdeckte Marie Anubis. Den Gott der Toten, oft als schwarze Hundefigur dargestellt, er stand in Lebensgröße direkt vor ihr. Beeindruckend! In den beiden anderen Ecken befanden sich die Totenwächter, deren Gesichter die Gesichtszüge von Tutanchamun trugen. In der Mitte des Raumes stand ein teilweise unvollendeter, nur mit Hieroglyphen bemalter Sarkophag, auf dem sich eine offene Schriftrolle befand. Hier waren Verse aus dem Totenbuch zu lesen. Das Totenbuch ist eine Textansammlung, die in 190 Kapiteln gegliedert ist. Es sind illustrierte Zauberformeln, die dem Toten das Überleben im Jenseits sichern sollen. Eine Kartusche der Verstorbenen befand sich am äußeren Rand des Sarges. Marie säuberte vorsichtig mit einem Pinsel die Kartusche und ließ ihre Finger sanft über die Hieroglyphen gleiten. Sie stutzte, doch es bestand kein Zweifel. Das war das Grab von Anchsenamun. Sie hatten es endlich gefunden. Marie strahlte. Endlich konnte sie die Frau von Tutanchamun zu ihm, dem Pharao der 18. Dynastie bringen. Damit sie auch im Jenseits für immer und ewig vereint sein konnten.

Mit einem glücklichen Lächeln drehte sie sich zu den anderen um, schaute sie an und sagte ganz leise „ich, nein wir haben sie endlich gefunden," und während sie sprach, glitzerten ein paar Tränen verräterisch in ihren Augen. Marie sprach weiter „ich weiß was jetzt zu tun ist, aber ich bin euch nicht böse, wenn ihr mit der ganzen Sache nichts zu tun haben wollt. Schließlich ist es ein Verbrechen, aber meine Bestimmung." „Höre endlich auf zu reden und lass uns anfangen" meinte Cloudia, und die anderen nickten zustimmend. „Okay" meinte Marie, „los geht's." „Wir müssen uns beeilen, die Nacht ist kurz und morgen wird der Inspektor für Altertumsforschung hier alles inspizieren. Bis dahin muss sie fort sein."

Maries Plan war simpel. Sie würden die Mumie von der Prinzessin durch eine andere Mumie austauschen. Diese unbekannte Frau hatte Ahmed vor kurzer Zeit im Tal der Königinnen ausgegraben und seinen Fund geheim gehalten. Die Prinzessin sollte im Grab ihres Mannes beigesetzt werden, denn das war der letzte Wille des Königs und Marie war bereit unter allen Umständen diesen Wunsch zu erfüllen. Schnell und zügig arbeitete die kleine Gruppe daran, dieses Vorhaben zu realisieren. Jeder Handgriff saß präzise, und nach geraumer Zeit und unter großer Anstrengung befand sich Anchsenamun im Grab von Tutanchamun. Es war Maries Aufgabe, die beiden Liebenden im Tode zu vereinigen. Einzig und allein Marie betrat das Grab des Pharaos, ihre Gefährten blieben draußen zurück. Allerdings befand sich Sahib in ihrer Nähe, um bei drohender Gefahr umgehend eingreifen zu können. Beide Sarkophage standen nun Seite an Seite nebeneinander und Marie bat Sahib ihr zu helfen, die schweren Deckel zur Seite zu schieben, damit auch jegliches Hindernis fortgeräumt war, und die beiden in Ewigkeit endlich vereint sein konnten. Sahib schaute Marie ein wenig verständnislos an, tat aber, wie ihm befohlen. Danach zog er sich zurück. Marie kniete nieder und betete für die Verstorbenen. Langsam erhob sie sich, um auch die Kammer zu verlassen, als sie für einen flüchtigen Augenblick dachte, sie hätte aus dem Augenwinkel eine Bewegung bemerkt. Sie blickte dorthin, wo sie dachte, etwas gesehen zu haben und wirklich dort im Schatten der Steinwand, sah sie ein flackerndes Licht, das die

Konturen zweier Menschen zeigte. Was immer es auch war, mit einem Lächeln und einer nie gekannten Zufriedenheit verließ sie das Grab. Ihre Aufgabe war erfüllt. Morgen würde man eine Mumie finden und irgendwann würde auch ein Archäologe herausfinden, wer sie war. Aber bis dahin würde viel Zeit verstreichen.

Ahmed schaute zu Sahib und lächelte ihn an. „Du brauchst dir keine Sorgen zu machen" und dabei nahm er ihn kameradschaftlich in den Arm. „Sie ist nicht die Reinkarnation von Anchsenamun." Sahib, der insgeheim die letzten Monate die Furcht hatte, Marie könnte die Frau des Pharaos sein und damit für ihn unerreichbar, atmete erleichtert auf. Nein, sie war die Schwester des Königs. Ihre Aufgabe war es Bruder und Schwägerin wieder zu vereinen. Sie war das Kind, das vor so langer Zeit im Garten des Tempels fangen und verstecken mit ihm spielte: Das Kind, das er immer beschützen wollte. Doch, als die Krankheit ausbrach war er machtlos. Seine Prinzessin starb mit 10 Jahren an Masern. Jetzt endlich nach so langer Zeit fand er sie wieder, zumindest einen winzigen Teil von ihr, in Marie. „Ja, rief Marie," „ich erinnere mich vage." „Wir spielten im Garten und du wolltest mich immer in den Brunnen schubsen." „Das habe ich nicht getan", entgegnete Sahib."

„Hast du wohl" erwiderte Marie, lachte und tanzte dabei auf der Stelle und rief immer wieder „hast du wohl…" „Habe ich nicht" kam es aus Sahibs Richtung. „Okay, du hast recht." Marie blieb stehen und schaute ihn ernst an. Dann sagte sie leise „ich habe mich absichtlich fallen lassen, damit du mich retten konntest, denn somit warst du mein Retter, mein Held." Lächelnd ging sie langsam auf ihn zu und umarmte ihn zärtlich. Ihre Blicke trafen sich und die Magie der Unsterblichen hielt sie gefangen, für immer und ewig, wie ein Tanz, der niemals endet.

Als Marie und Cloudia ihre Reise nach Ägypten antreten ahnen sie noch nicht, dass dieser Trip ihr ganzes Leben verändern wird. Was wie ein Traumurlaub auf einem Kreuzfahrtschiff beginnt, entwickelt sich schnell zu einer Katastrophe, die ihr Leben bedrohen wird.

Marie, die die Ermordung eines skrupellosen Antiquitätenhändlers in Luxor beobachtet, schlittert von einer gefährlichen Situation in die Nächste. Sie scheint immer zur falschen Zeit am falschen Ort zu sein…
Wer ist der geheimnisvolle Mann, der immer in der Nähe zu sein scheint, wenn es brenzlig wird?

Für die geplante Erholung bleibt dabei kaum Zeit.